여러분이 행복했으면 좋겠습니다. 울긋불긋.
2016년. 마치 모든 것이 사라져도 않는 달.

김 재동 두손 모음

그럴 때 있으시죠?

그럴 때 있으시죠?

*

김제동과 나,
우리들의 이야기

김제동 지음

나무의마음

때론 눈물도 말입니다

우리의 이야기를 하면 좋겠다고 생각했습니다. 누구에게나 가슴 속에 못다 한 이야기가 하나쯤 있잖아요.

뭐가 불안한지는 모르겠는데 뭔가 불안하고, 피곤해 죽을 만큼 일하는데 잘 살고 있는지 모르겠고, 가족을 사랑하지만 만나면 도 망가고 싶고, 애인이나 친구 또는 믿었던 사람에게 뒤통수를 맞기도 하고, 하루도 쉬운 날이 없구나 싶은…… 뭐 그런 이야기들이요.

저는 가끔 그런데요. 여러분도 그럴 때 있으시죠?

들리지 않는 울음을 들어주는 일,
주목받지 못하는 울음에 주목해주는 일,

누군가의 아픔에 깊이 공감하는 것,
저는 그게 삶의 품격이라고 생각합니다.

내가 아플 때 누군가는 내 옆에 있어줄 것이라는 믿음, 그거야말로 세상을 살 만하게 하는 것 아닐까요? 이 책을 통해 그런 조그마한 희망 같은 게 생기면 좋겠어요. 그게 제가 이 책을 쓰게 된 이유입니다.

제가 책을 쓴다고 하니까 "인세를 어디에 쓰실 거예요?" 하고 질문하는 분들이 있어요. 지금까지 책 판매에서 나온 인세는 거의 다 우리 아이들에게 가고 있는데, 이 책도 당연히 그렇게 쓰이겠죠. 여러분의 이야기니까, 여러분에게로 가야죠.

제 이야기도 있으니까, 저도 조금 쓸게요.

저는 사람들이 웃을 때 가장 행복합니다. 제 인생 목표는 모두가 함께 웃는 거예요. 그래서 지금 웃을 수 없는 분들, 공정하지 못하고 불합리한 사회문제 때문에 고통을 겪고 있는 분들에게도 웃음을 드리고 싶어요.

저에게 사회문제는 사람이 행복해지는 방향으로 귀결되는데, 제가 사회문제를 말하면 정치적이라며 비난받을 때도 있습니다. 하지만 저는 민주공화국의 시민은 모두 정치적이어야 한다고 믿습니다. 우리 삶의 조건을 결정짓는 정치에 주권자인 우리가 관심 갖는 것은 당연한 일이 아닐까요? 제가 정치 얘기를 계속하는 이유는 한 가지예요.

함께 행복하지 않으면 의미가 없으니까요.
그게 다예요.

이 책을 읽다가 한 번이라도 웃으실 수 있다면 참 좋겠습니다. 읽다가 덮어도 좋고, 덮어놓은 채 라면 받침대로 쓰셔도 좋고, 조금 욕심을 낸다면, 이 책을 읽고 여러분의 마음에 남는 이야기가 하나쯤 있었으면 좋겠습니다.

아무튼 여러분이 행복했으면 좋겠습니다. 문득문득. 꼭.

2016년, 아직 모든 것이 사라지지는 않은 달
김제동 두 손 모음

1부

그럴 때
있으시죠?

머리말

때론 눈물도 말입니다 ∞ 5

2부

우리가
보이기는
합니까?

3부

우리 이렇게
살 수 있는데

그럴 때
있으시죠?

나만 그런 게 아니었어

그럴 때 있으시죠? 나를 깊이 알게 되면 아무도 나를 좋아해주지 않을 것 같을 때. 나조차도 싫은 내 모습을 보면 모두가 떠나버릴 것 같은 두려움이 들 때. 약한 모습을 들키면 모두에게 버림받을 것 같을 때. 그런데 괜찮을 걸요. 사람이니까. 느낌 아니까.

- 2013. 10. 23. 트위터

살다보면 저는 그럴 때 있습니다.
괜히 무섭고, 괜히 불안하고, 괜히 초조하고.
또 '아이고, 이거 뭐하고 사는 건가' 싶기도 하고.
'나만 이런 건가?' '잘 살고 있나?'
그런 생각이 들 때 있습니다.

괜히 여러 사람한테 묻기도 그렇고,

막상 말하려고 하면 뭐라고 물어봐야 할지도 모르겠고,

횡설수설 물어보면 분위기만 처지게 하는 것 같고,

그래서 그냥 입 다물고 있고,

그러니까 더 혼자인 것 같고.

혼자 있으면 무섭고,

함께 있으면 그것도 또 별로고.

사람이 징글징글하게 싫은데

또 사람이 징글징글하게 그립기도 하고.

무슨 감정인지 전혀 모르겠고,

그래서 더 불안하고 그럴 때 있습니다.

저만 그런 거 아니라고 생각합니다.

여러분도 그럴 때 있을 거라고 생각합니다.

"크리스마스에 할 일도 없고 만날 사람도 없어!"

평소 인기가 많아 약속이 끊이지 않을 것 같은 친구의 한마디에

갑자기 내 외로움이 다 사라지던 신기한 순간,

다들 한 번쯤 있으시죠?

그런 사람들끼리 마음을 나누고,

또 '아, 나만 그런 게 아니구나!'라고 느끼기만 해도

저는 마음이 좀 가벼워질 때가 있습니다.

어느 날 군부대 옆에서 야구를 하다가
담벼락 철조망에 잠자리가 앉아 있는 걸 봤습니다.

**'아, 가볍구나! 가벼워서
저렇게 뾰족한 철조망 위에도
앉아 있을 수 있구나!'**

문득 그런 생각이 들었어요.
'내 고민이 너무 크고 무거워서
스스로 여기저기 찔리고 다니는 것은 아닐까?
조금 가볍게 살아보자.'

그냥 거기 있었을 뿐이지만
그 모습만으로 저에게 위로가 되었던 잠자리처럼,
험한 세상 위에 가볍게 앉아
누군가에게 위로가 되어줄 수 있는 존재,
우리도 그렇게 한번 살아봅시다.

자유, 자기 이유로 사는 것

그냥, 그냥 안겨 있고 싶다. 가을 하늘 같은 누군가의 품에. 세상모르는 어린아이처럼 다 허물어져 내리고 싶다. 그러기엔 너무 컸다. 어른이다, 젠장. 어른 안 하고 싶은 날이다. 나 169인데, 억울하다.

- 2012. 10. 12. 트위터

제가 마이크를 들고 있을 때는 말을 많이 하지만, 평소에는 별로 말이 없습니다. 저는 진짜 내성적이거든요. 지금은 나아졌지만 사람들과 만나면 눈도 잘 못 마주쳤습니다. 혼자 있는 걸 좋아하고요.

학교 다닐 때도 까불거리고 잘 놀았지만 혼자 있는 시간이 많았어요. 친구들이 와서 "놀자"고 하면 괜히 "안 논다" 하고, 혼자 나무 작대기 같은 걸로 흙에다 뭘 그리면서 노래를 부르곤 했어요.

노래는 왜 그리 청승맞게 불렀는지, 그때 부르던 노래가 지금도 기억이 납니다.

"동그라미 그리려다 무심코 그린 얼굴~"

노래방에서 동료가 분위기를 한껏 띄워놓으면 우울한 노래로 푹 가라앉히는 사람들 있잖아요. 제가 딱 그래요. 저는 무슨 노래든 불렀다 하면 듣는 사람들까지 슬프게 하는 희한한 재주가 있어요. 그래서 웬만하면 노래를 안 불러요.

군대에서도 군가를 슬프게 부른다고 많이 혼났어요. 중대장님이나 소대장님이 힘차게 "군가 「전선을 간다」, 제군들! 악으로! 깡으로! 하나 둘 셋 넷!" 하면, 병사들이 한 명씩 군가를 부르고 검사를 받았어요. 전우들이 부르고, 드디어 제 차례가 왔습니다.

"높은 산 깊은 골~ 적막한 산하~! 눈 내린 전선을~ 우리는 간다~!"

소대장님이 대뜸 인상을 팍 쓰면서 소리쳤어요.

"야, 그만해라~!"

중대장님이 기가 찬 표정으로 말했죠.

"네 노래 들으면 전쟁도 하기 전에 다 죽겠다."

이렇게 음지에서 혼자 우울한 노래를 부르곤 했지만, 저는 학교에서나 군대에서나 무슨 행사만 있으면 응원단장이나 오락부장, 사회자로 뽑혀서 마이크 딱 잡고 사람들을 웃겼어요.

"와, 쟤 누구야? 진짜 웃긴다!"

모두 이렇게 말할 때 저는 홀연히 음지로 돌아가곤 했지요.

집에서도 평소에는 말 한마디 안 하니까, 엄마와 누나들이 "그래가지고 사회생활 하겠나, 성격 좀 고쳐라" 하고 구박할 정도였다니까요.

그러니까 "무대에서는 웃기던데 실제로는 왜 이렇게 조용하냐?"고 묻지 마세요. 원래 성격이 조용합니다. 제가 학교 다닐 때 별명이 버섯이었어요. 응달에 늘 가만히 혼자 앉아 있는다고 해서요. 그런데 버섯은요, 잘 보이지는 않지만 지치지 않고 어디선가 끝까지 피어 있어요.

신영복 선생님이 쓰신 책 『담론』 마지막에 독버섯 이야기를 소재로 한 외국 동화가 나오더라고요. 내용을 소개하자면 이래요.

등산을 하던 아버지와 아들이 있었습니다. 아버지가 등산용 스틱으로 버섯을 툭툭 치면서 이야기해요.

"잘 봐, 이게 독버섯이야. 먹으면 죽어."

아들이 그 얘기를 듣고 "아, 이게 독버섯이구나!" 하고 지나갔습니다. 그 얘기를 들은 어린 독버섯이 충격을 받고 쓰러지면서 말했습니다.

"아, 내가 독버섯이구나. 난 누군가를 죽이는 존재구나. 내가 저렇게 예쁜 애를 죽일 수 있는 존재라니!"

어린 독버섯이 슬퍼할 때 곁에 있던 다른 독버섯이 친구의 어깨를 받치며 이야기했습니다.

"아니, 저건 식탁 위의 이야기고, 인간의 논리야.
넌 내 친구야. 넌 쟤네 먹으라고 태어난 게 아니고
나랑 친구하려고 태어난 거야."

이 이야기를 읽는데 눈물이 났습니다. 버섯의 존재 이유는 버섯의 시각에서 판단해야 하고, 내 존재 이유는 내가 가장 잘 알잖아요. 그러니 남의 논리에 지나치게 휘둘릴 필요 없어요.

버섯에게는 버섯의 이유가 있고, 꽃에게는 꽃의 이유가 있고, 사람에게는 사람의 이유가 있고, 나에게는 나의 이유가 있겠지요. 그렇게 다 자기 이유로 사는 거죠. 자기 이유로 사는 것, 그게 바로 '자유'겠지요.

그래서 저도 남들이 뭐라 하든 버섯 같은 저를 좋아하려 합니다. 그런 의미에서 세상 모든 버섯 동지들에게도 마음을 보탭니다.

나다워도 괜찮다

"말 잘하는 능력은 타고난 거예요?"

가끔 이렇게 묻는 분들이 있어요.

싫든 좋든 가족의 영향도 있었을 것이고, 타고난 것도 있겠죠.
어렸을 때, 제가 말하는 걸 듣고 다른 사람들이 재밌어하면 괜히
좋았던 것 같아요. 지금도 그렇지만 누군가가 내 이야기에 웃는다
는 건 굉장히 짜릿하거든요. 전 정말이지 마이크를 들면 손오공이
여의봉을 들고 있을 때처럼 힘이 납니다.

저는 군대에서도 마이크를 잡았어요. 군대 이야기한다고 화내지
마시고 들어보세요. 군대 이야기도 재미있는 사람이 말하면 재미
있습니다.

1994년 7월이었는데, 몇십 년 만에 불볕더위였어요. 그 더위에 빡빡 기면서 사격 훈련을 하고 있었는데(예예, 맞습니다. 저는 생계곤란으로 방위였어요. 하지만 방위도 훈련소에서 사격 훈련을 받습니다.) 거기에 교관이 한 명 왔어요.

지금은 어떤지 모르겠지만, 그때 훈련병은 거의 말도 못하고 대신 "악!" 하고 대답해야 했어요. "307번 훈련병" 그러면 "악!" 그럽니다. "앉아!" 그러면 "악!", "식사!" "악!", "취침!" "악!" 이런 식이었어요.

그러다 교관이 심심했던 모양이에요. "너희 가운데 한 놈이라도 나 웃기는 놈이 있으면 그 소대는 전체 훈련 열외다" 그러더라고요.

땅바닥에서 빡빡 기고 있다가 훈련을 빼주겠다는 교관의 말에 눈이 번쩍 뜨였어요.

'이렇게 기다가 죽으나
저 인간 못 웃겨서 죽으나 죽는 건 매한가지다.'

그래서 제가 "악!" 하고 손들고 나가서 교관 흉내를 냈습니다. 군대에서 계급 없는 훈련병이 교관 흉내를 내는 것은 상상도 할 수 없는 일이에요. 미친 짓이죠. 처음에는 교관이 안 웃더라고요. 웃음을 참고 있는 것 같기도 했어요. 그런데 교관 바로 위의 상사가 웃으니까 무섭게 생긴 교관이 그제야 "허!" 하고 웃는 거예요.

나중에 누군가 교관에게 왜 웃었냐고 묻자 교관이 이렇게 대답했어요.

"내가 몇십 년 동안 똑같은 말을 했는데, 교관을 웃기겠다고 손 든 인간을 한 명도 못 봤다. 그날도 누가 나설 거라고 상상조차 못 했는데 '악!' 하고 일어나서 내 흉내를 내기 시작하니까 놀라서 웃은 거야."

훈련병이 교관을 웃기겠다고 나선 것 자체가 너무 황당해서 웃었다는 거죠. 어쨌든 그 일 덕분에 저희 소대 전체가 훈련에서 열외가 됐어요.

얼마 후 문선대에서 사람을 찾는다고 왔어요.

"야, 이 중에서 웃긴 놈 나와!"

그때까지만 해도 저를 찾아온 줄 몰랐어요. 저는 아무것도 한 게 없었으니까요.

"이 중에서 교관 웃긴 놈 나오라고!"

그제야 저인 줄 알고, "악!" 하고 대답했어요.

"너, 나와!"

그길로 차에 태워져서 어딘지도 모르는 곳으로 가게 됐어요. 차를 타고 가면 덜컹거리잖아요. 그때마다 제가 "악!" 하고 소리를 냈어요. 훈련병들은 누가 찌르거나 몸이 움직일 때마다 "악!" 소리를 내야 합니다. 저는 여기서도 그래야 하는 줄 알았거든요.

옆에 앉아 있던 상관이 "조용히 안 해?" 그러기에 제가 또 "악!", 뭘 물어보면 또 "악!", 그렇게 계속 "악악" 하면서 갔어요. 그랬더니 다들 웃기다고 난리예요. 저는 그냥 겁에 질렸을 뿐인데.

그런 상태로 중령님 앞까지 갔어요. 훈련병들에게 중령은 똑바로 바라보면 안 되는 대상입니다. 신으로 치면 태양신이에요. 바라보면 눈이 멀어요. 문을 열고 들어갔더니 중령님이 앉아서 서류를 보고 있어요. 제가 들어가서 "충성!" 하고 경례를 했습니다.

"너, 탈모!"

시키는 대로 모자를 벗었어요.

"너, 안경 벗어봐."

안경도 벗었어요.

"으하하하, 야, 얘 당장 뽑아!"

저는 그렇게 문선대에서 사회를 보게 되었습니다.

진짜 아무것도 한 게 없는데…….

문선대에서의 사회는 말이 사회지, 저에게는 지옥훈련이나 다름없었어요. 땡볕이 내리쬐서 아지랑이가 피어오르는 한증막 같은 연병장에 군인 1,000여 명이 30분 정도 앉아 있다고 생각해보세요. 간부들이 한 사람씩 나와서 인사 받고 한마디씩 다 하고 난 다음에, 제가 나가는 거예요. 그 상황에서 어떻게 웃길 수 있겠어요?

그런데 제가 웃겼습니다.

'이런 분위기에서 어떻게 웃음이 나오겠나?'하고 걱정할 겨를이 없었어요. 어떻게든 웃겨야 했습니다. 군대니까요.

'무슨 얘기를 해야 좋아할까?'

오직 그것만 생각했어요. 웃긴 말도 하고 콩트도 하고 직접 대본도 썼지만, 뭐니 뭐니 해도 병사들이 가장 좋아하는 건 휴가증이죠. 댄스 경연대회를 하든, 뭘하든 참여를 유도해서 휴가증을 받아갈 수 있게 해줬어요. 대대장님과 과감한 즉석흥정도 하면서요.

그때부터 이런 생각을 했던 것 같아요.

'사람들이 좋아하는 이야기는 뭘까?'

'내가 이등병이라면, 내가 대대장이라면, 내가 간호사라면?'

예를 들어 병원에서 행사가 있으면 예정 시간보다 일찍 가서 그곳 분위기를 살펴봅니다. 그러면 간호사 선생님들끼리 "니 오늘 오프가?" 하는 소리가 들려요. 그런 식으로 그들만의 용어를 듣고 머릿속에 넣어뒀다가 행사가 시작되면 써먹습니다.

"오늘 오프였으면 좋겠죠?"
그 한마디로 공감을 얻습니다.

어느 무대에 서든 사람들의 이야기를 하고, 그 사람들이 하고 싶은 이야기를 할 수 있게 하거나 제가 대신 하려고 한 게 통했던 것 같아요.

물론 선천적으로 타고난 것도 있죠. 제 외모가 다행히도 너무 부담스럽게 잘생기진 않았달까요?

(물론 조금 잘생기긴 했지만~)

그리고 어설프게 표준어를 쓰기보다 제 원래 말투, 사투리를 쓰는 게 사람들에게 친근감을 주지 않았나 싶어요. 사실 사투리를 고치려고 했지만, 잘 안 된 건데…….

**나를 포기하지 않는 거,
괜찮은 일인 듯합니다.**

검객, 전국을 평정하다

방송 데뷔 전, 무대 진행자로 활동할 때 저는 큰 가방 안에 쌍절 곤하고 마이크 스탠드 같은 걸 넣어가지고 다녔어요. 그래서 당시 제 별명이 검객이었습니다. 가만히 앉아 있다가 마이크만 들면 사람들이 웃다 쓰러진다고요.

그런데 무대 밑에서는 너무 조용하니까 사람들이 제가 사회자인 줄은 상상도 못한 경우가 많았어요. 뭐, 겉모습은 말 안 해도 아시겠죠?

대구의 한 대학 축제 때 있었던 일인데. 축제를 담당하는 사람이 대기실에 와서 물어요.

"사회자가 누구죠?"

그러면 제가 구석에 조용히 앉아 있다가 대답해요.

"저…….."

"아니, 사회 볼 사람이요."

"저…….."

그러면 저쪽에서 싸우는 소리가 들려요.

"어디서 저런 사람을 데려왔냐. 뭐냐, 저 사람 도대체!"

그런데 저는 그런 소리를 들어도 전혀 위축되지 않았어요. 대신 이렇게 생각했죠.

'지금 말고 무대에서 내려올 때 보자.'

그때는 마음만 먹으면 못 웃길 사람이 없었어요.

처음에는 못 미더워서 "쟤 뭐야?" 하던 3,000명의 대학생들이, 10분 후엔 300명이 제 편이 되고, 20분 후엔 600명, 40분 후엔 모두 하나가 되어서 제 이름을 불러요. 짜릿하고 고맙죠. 그럴 때 제가 마무리 멘트를 합니다.

"자, 오늘 여기 오신 분들 중에서 내 집 없는 사람들 손 들어봐요."

그러면 다 손을 들어요. 이제 대학생 새내기들인데 있을 리가 없잖아요.

"제가 오늘 여러분 마음속에 영원토록 잊지 못할 집 한 채씩 지어드리겠습니다. 원하는 평수를 말해보세요."

그러면 여기저기서 "100평" "200평" "1,000평" "1만 평"이라고 외칩니다.

그렇게 말하면 저 멀리서 윤수일의 노래 「아파트」가 스피커를 통해 나옵니다. 그럼 제가 "가자!" 하며 머리에 물을 부어요. 그걸로 아주 끝납니다.

"별빛이 흐르는 다리를 건너 아름다운 갈대숲을 지나~"

노래가 끝날 때쯤 제가 말해요.

"독일 속담에 이런 말이 있습니다. '금이 아름답다는 것을 알게 되면 별이 아름답다는 것을 잊어버린다.' 여러분은 아직 금의 아름다움보다는 별의 아름다움을 바라볼 나이라고 생각합니다. 오늘의 젊음, 영원히 간직하시기 바랍니다."

그리고 큰절 딱 하고 내려옵니다.

제가 무대에 올라가기 전까지는 "진짜 사회 보러 왔어요?"라며 의심스럽게 묻던 총학생회장이 끝나고 난 뒤에는 제 얼굴을 못 볼 정도로 계속 감사 인사를 합니다.

"내년에도 잘 부탁드립니다."

그때 저는 아무 말없이 큰 가방 안에 쌍절곤과 무대 위에서 사용한 소품들을 챙겨 내려와요. 무대 밑으로 내려오면 또다시 무대 위에서와는 완전히 다른 사람이 됩니다. 그리고 조용히 학교 앞에서 혼자 술을 마셨어요.

얼마냐옹...?

　사회를 봐서 돈을 받으면 우선 술을 마시고, 얼마 안 되는 남은 돈은 집에 갖다 드리곤 했어요. 그러면 엄마가 그럽니다.

　"낮에는 디비져 자다가 밤만 되면 나가서 몇 시간 지나면 돈을 갖고 오니, 이건 도둑놈도 아이고……."

　제가 아침 늦게까지 자고 저녁때면 한 4시간 나갔다가 돈을 들고 오는데, 이건 도둑질이 아니면 뭐냐는 거죠.

　"제가 사회 보고 번 돈이에요."

"아니, 집에서 한마디도 안 하는 놈이 밖에 나가서 어떻게 말로 돈을 버냐."

말 잘하는 사람? 웃기는 사람? 엄마는 그런 아들은 상상도 못하신 거죠.

제가 대구경북 지역 레크리에이션계에서 활동할 때 꿈이 있었어요. 야구장 장내 아나운서, 유명 놀이공원, 대구의 유명 대학축제, 이렇게 트리플 크라운을 달성하는 거였어요. 결국 그 꿈을 이루고, 전라도로, 그다음 강원도, 제주도로 가서 모든 지역축제를 평정했어요. 그런 다음에 서울로 올라왔지요.

제 꿈이 방송에 나오는 것은 아니었고, 단지 경상도 사투리를 쓰면서 서울에서 축제를 진행하는 게 가능한지를 확인해보고 싶었어요. 제가 "여러분, 반갑습니다!" 하고 인사했을 때 "뭐야, 쟤?" 하지 않고, 제 이야기에 빠져들게 하는 게 목표였어요.

지금은 이름이 가물가물한데, 제가 머물던 여관 이름이 '프린세스모텔'이었던 것 같아요. 그곳에서 몇 개월을 지내면서 호시탐탐 서울 지역 축제에 진입할 기회를 노렸어요. 결국 연세대 아카라카 축제에 초대받아서 30분 동안 진행한 것을 계기로, 그후 서울에 있는 대부분의 대학교에서 섭외가 쇄도했어요.

그렇게 모두가 저를 원할 때
"전 대구에 할 일이 남아 있어서"라고 말하고
고향으로 홀연히 내려갔던 사람입니다, 제가.

참, 제가 그 모텔에서 나올 때 앞으로 잘될 거라며 프린세스모텔 로고가 찍힌 수건 열 장을 건네주신 아버님, 감사합니다. 그때의 기억이 늘 뭉클하게 남아 있어요, 제 마음속에.

나만 이상한가 고민될 때

그럴 때 있으시죠? 뭔가 말하고 싶은데, '에잇, 됐어. 나만 그렇겠어. 사람 사는 게 다 그렇지' 싶을 때. "너만 그러냐, 다 그렇게 사는 거지" 이런 소리 들을까봐 '그냥 아무 말 말자' 싶을 때. 어디 가서 혼자 실컷 울면 좀 나을까 싶은데 막상 울려면 눈물도 잘 안 나올 때. "매일 그렇진 않다"고 쓱 변명도 해볼 때. 여기 그런 사람 한 명 추가합니다. 그냥 추가합니다.

- 2016. 6. 23. 페이스북

저는요, 사실 포경수술을 안 했습니다.
뜬금없이 무슨 얘긴가 싶죠?

어렸을 때 제가 엄마하고 누나 다섯 명하고 살았어요.

아버지가 일찍 돌아가셨거든요.

그래서 다른 친구들은 다 아빠 손잡고 가서 수술을 하는데,

저는 그걸 못 했어요.

비용도 만만치 않았던 것 같고,

엄마나 누나들한테 그런 얘기를 하는 게

왠지 이상하고 부끄러웠던 것 같아요.

어린 시절 제가 포경수술을 안 받아서

힘들었던 가장 큰 이유는

나만 이상한 사람이 되는 것 같은 느낌도 있었고,

'나는 왜 아버지가 안 계실까?'

'내게는 왜 이런 이야기를 할 수 있는 사람이 없을까?'

그런 느낌 때문이었던 것 같아요.

사실 포경수술 안 한 걸 한동안 잊고 지냈는데,

재석이 형이 KBS「해피투게더」에서 뜬금없이 말했어요.

"제동씨, 포경수술을 안 했다면서요?"

"갑자기 무슨 얘기예요?"

좀 당황스러웠죠. 그때 제가 이렇게 대답했어요.

"돈도 많이 들고, 우리 동네에서 수술하는 아저씨가 손을 떤다
는 얘기를 들어서 그냥 안 했어요."

그 이후로 모 연예 프로그램에서 아나운서가 웃음을 참으며,

"김제동씨가 포경수술을 하지 않았다"고

연예뉴스 단신으로 소개하면서 기사화되기도 했어요.

뜬금없는 폭로에 모두 웃었고,

저도 웃으면서 대답했지만

사실 그 일은 제 인생에서 가장 길게 고민하고,

아주 심각하게 생각한 문제였어요.

그런데 어린 시절, 제가 받았던 위로의 말 중에

포경수술을 한 사람들의 이야기는 별로 위로가 안 됐어요.

속으로 그런 생각하죠.

'넌 했잖아, 이씨!'

그때 가장 위로가 됐던 것은 저처럼

포경수술을 안 한 사람, 안 한 선배들의 말이었어요.

또 비슷한 처지나 환경에서 "괜찮다"고

얘기해주던 사람들이에요.

그들이 저에게 또다른 아버지가 되고,

또다른 형이 되어주고 그랬던 거겠죠.

그분들이 특별한 위로를 하려고 했던 게 아니라
"뭐, 괜찮더라. 안 해도 사는 데 지장 없더라."

그냥 자기 처지를 있는 그대로 얘기했을 뿐인데도
저에게는 그런 이야기들이 가장 큰 위로가 됐던 것 같습니다.

율리아나 수녀님께서요, 저에게 글을 보내주신 적이 있어요.
"약하면 약할수록 많은 사람들에게 더 큰 힘이 된다."
이 글을 보고 많은 위로와 울림을 받았습니다. 우리는 멘토가 훌
륭한 사람들만 되는 거라고 생각하잖아요. 저부터도 그렇고요.
그런데 그때 경험을 되살려보면요, 진짜 멘토는 잘나고 훌륭한
사람들이 아니라 나와 비슷한 사람인 것 같아요. 또 어쩌면 나보다
더 어렵고 힘든 경험을 한 사람들이 아닐까 싶어요.
못나고 잘나고 그 기준이 어디 있든지 간에, 그냥 있는 그대로,
그 모습 그대로 우리는 우리 스스로에게 힘이 될 수 있고, 누군가
에게도 힘이 될 수 있는 존재라고 생각해요. 이건 제가 저에게 하
는 얘기이기도 해요.

슈퍼맨처럼 힘이 센 남자, 어떤 바람도 막아주는 큰 산 같은 사람, 세상에 나를 위한 전용 슈퍼맨이 한 명 있다는 느낌, 세월이 흘러 슈퍼맨이었던 남자가 내게 기대어올 때의 당혹감, 마침내 슈퍼맨의 망토를 완전히 내려놓고 힘없이 걸어가는 뒷모습을 바라보는 서글픔······.

저는 아버지가 일찍 돌아가셔서 '아빠'라는 단어가 주는 느낌을 잘 모릅니다. 술 마시고 집에 들어가서 가끔 거울을 보며 생각해요. 아버지가 살아계셨으면 지금 '아빠'라고 부를까, 아니면 '아버지'라고 부를까 하고 말이죠.

아버지가 일찍 돌아가신 게 지금까지 슬프다는 건 아니고, 장단점이 있어요. 우선 극복해야 할 대상이 없다는 건 장점이죠. 저희 아버지는 저에게 엄청나게 좋은 분입니다. 43년간 한 번도 잔소리를 하신 적이 없거든요. 그런데 성장 과정에서 아버지가 아들에게 줄 수 있는 것, 남자끼리만 알 수 있는 경험을 하지 못한 아쉬움이 있어요.

얼마 전 『일리아드』에 나오는 헥토르 이야기를 들었습니다. 단 한 번도 스스로 투구를 벗은 적이 없는데, 아이가 투구를 쓴 아빠의 모습을 무서워하자 헥토르는 한치의 망설임 없이 제 손으로 투구를 벗고 맨얼굴을 보였다고 합니다. 사랑하는 아이를 위해 자신의 보호막이자 자존심이었던 투구를 기꺼이 벗어던진 거죠.

헥토르처럼 우리 아빠들도 그렇게 살고 있잖아요. 버릴 수 없었던 자존심까지 모두 다 벗어던진 채 말입니다.

저는 아버지에 대해 많은 상상을 해봅니다. 만약 제게 아버지가 있다면, 그래서 요즘처럼 힘든 시절을 겪는다면 그런 걸 해드리고 싶습니다.

신발 밑창을 푹신푹신하게 갈아놓는 일, 출근할 때 만 원짜리 한 장을 내밀며 "오늘 점심은 뭘 드시든 보통 말고 '특'이나 '곱빼기'로 드세요"라고 말해보는 일, 아버지가 좋아하는 단팥빵 하나를 주머니에 넣어드리는 일, 늦게 퇴근한 아버지를 위해 순대와 소주 한 병으로 소박한 술상을 봐드리는 일, 제가 가장 해보고 싶은 것들입니다. 그리고 말하는 거죠.
"아버지, 사랑합니다!"

그런데 문득 그런 생각이 들었습니다. 제가 아버지에 대해 알지 못했다는 막연한 느낌을 이미 알고 있었던 것 아닐까, 하는 생각 말입니다. 아버지의 역할까지 해준 어머니가 있으니까요.

제가 유난히 아버지에 대한 소설이나 드라마에 가슴이 저미곤 했던 이유는 가지지 못한 것에 대한 아픔이 아니라, 저를 키워주신 어머니에 대한 생각 때문이었던 것 같습니다. 엄마이면서 아빠였던 어머니가 늘 제 곁에 있었으니까요.

그때 보여드렸어야 했는데

　나중에 알게 되었지만, 사실 저, 이 세상에 나오지 못할 뻔했다고 합니다. 딸만 다섯을 둔 엄마가 임신 사실을 알고 이제 그만 낳겠다며 병원에 가기로 한 겁니다. 그런데 하필 그날 소가 새끼를 낳아서 못 가고, 그 뒤로도 다른 급한 일들이 생겨서 미루고 미루다 결국 산달이 된 거예요.

　제가 태어나던 날, 아버지는 '또 딸이겠지' 싶어서 집에 아예 안 들어오셨대요. 동네 사람들이 아들이라고 알렸는데도 믿지 않으셨대요. 사흘 만에 집에 들어온 아버지는 제가 아들임을 확인하고는 그제야 기쁜 마음에 집안 살림이 거덜날 정도로 동네잔치를 벌였다고 합니다.

그런 아버지가, 제가 백일도 되기 전에 갑자기 세상을 떠나셨어요. 엄마는 애가 밤에 자꾸 깨니까 아버지와 방을 따로 썼는데, 새벽에 아버지가 "우리 아들 고추 좀 보자" 하고 건너오셨나봐요. 제가 5녀 1남의 막내니까 얼마나 귀여웠겠어요. 그런데 엄마는 평소에 안 하던 행동을 하던 아버지에게 이렇게 말씀하셨대요.

"이 양반이 미쳤나. 와 안 하던 짓을 하노. 저 방에 가서 자소."

엄마의 말에 아버지는 건넌방으로 가셨고, 그날 주무시다가 돌아가셨어요. 평소 무척 건강하셨다는데. 엄마도 얼마나 놀라셨겠어요. 그래서인지 제게 원망 아닌 원망을 하셨어요.

"느그 아버지 죽었을 때 동네 사람들은 다 울었는데 니만 웃었다. 이놈아!"

아니, 백일도 안 된 애가 그걸 알고 대성통곡을 하는 게 웃긴 거 아닙니까? 그러면서 엄마가 늘 하시던 말씀이 있어요.

"아이고, 그때 보여드렸어야 했는데."

아버지가 돌아가신 뒤 엄마는 시골에서 과부로 사는 서러움을 좀 받으셨어요. 오래전 대구 영천 쪽에 4차선 도로 공사를 할 때 저희 집이 철거를 당했습니다. 당시 이웃집들은 문제없이 토지가 처리됐는데, 저희 집만 땅이 몇 평 남았어요. 그 땅은 농사도 못 짓고, 집도 못 짓고, 아무것도 못합니다.

저야 누가 물어보면 웃으면서 "시골에 땅 좀 있다"고 말하지만 엄마한테는 그 일이 한으로 남았나봐요. 다른 집들은 동네 남자들끼리 술 한잔 먹고 다 처리가 됐는데, 우리는 집안에 남자어른이 없어서 그렇게 된 거라고 생각하세요. 피해의식일 수도 있겠지만 저희 엄마 마음도 이해되시죠? 그때 엄마는 관공서에만 다녀오면 늘 우셨어요. 그러고는 대여섯 살밖에 안 된 제게 말합니다.

"아이고, 집에 남자가 없으니 내가 이렇게 무시를 당한다. 과부 혼자 사니까네 이렇다. 제동아, 니는 크면 꼭 면서기가 돼라. 동사무소 공무원 돼라. 집에 남자 없는 설움 좀 풀어라."

그러다가 아들이 TV에 나오니까 그걸로 서러움을 푸시나봐요. 다행입니다. 제가 방송에서 받은 트로피를 들고 아버지 산소에 인사를 하러 간 적이 있어요. 그때 엄마는 산소로 바로 가면 되는데, 괜히 이웃집 대문을 두드립니다.

"계십니까?"

이웃이 나오면 말해요.

"제동 아부지 산소 가는 길입니다. 아, 이거요? 트로핍니다. 대상 트로피!"

물어보지도 않았는데 말이죠.

가족이라서 더 힘들 때

한가위가 즐겁지만은 않은 분들의 마음, 깊이 이해합니다. 마흔이 된 총각이 어머니와 다섯 누나를 만나러 가는 길은 아무리 보름달이 호위를 해도 두려운 길이에요. 후~ 참 싫어요. 각자의 고통을 가슴으로 공감합니다. 함께 나눕시다. 각자의 명절 고민.

- 2013. 9. 18. 트위터

나이 마흔에 결혼도 안 한 남자가 명절에 집에 내려가면
전투에 끌려가는 것에 버금가는 스트레스를 받습니다.

홀어머니에 누나가 다섯 명, 매형이 네 명, 조카가 아홉 명이면
실로 거의 20대 1의 전투를 치르는 것이지요.

가족끼리 모이면 서로의 어릴 때 상처,

엄마에 대한 원망이나 미움,

어렸을 때 잘해주지 못했던 기억,

이런 일들을 다 쏟아내면서 지지고 볶게 됩니다.

저희집도 똑같아요.

명절날 고향집에 갈 때마다 엄마와 누나들의 잔소리를 듣는 게 너무 스트레스예요. 그래서 한번은 처음으로 명절에 방송이 있다고 하고 안 내려갔어요. 그런데 엄마가 갑자기 다리가 아파서 병원에 가신 거예요. 둘째 누나가 울면서 전화를 했어요.

"너는 돈만 보내면 자식이가? 엄마가 이렇게 될 때까지 뭐했노?"

엄마가 건강하셨거든요. 그날 아침에 갑자기 다리가 아팠던 거예요. 그런데 누나가 그렇게 얘기하니까 갑자기 욱하더라고요.

"말 다했나, 지금?"

"다했다."

그 말이 또 가슴에 맺히는 거예요. 그래서 부랴부랴 고향집에 내려가보니까 괜찮아지셨대요. 누나 다섯 명과 엄마가 앉아 있는 집에 들어가는데, 마치 지옥문을 여는 것 같았어요. 간신히 문을 열고 들어갔는데 엄마가 그러시더라고요.

"사이좋게 지내라. 니들이 이렇게 싸우면 내가 오래 살아 뭐하 겠나? 이 자리에서 확 죽어버려야겠다."

그러니까 저와 싸웠던 둘째 누나가 잔소리를 한참 합니다. 셋째 누나가 말려요.

"그러지 마라. 지도 생각이 있겠지."

갑자기 첫째 누나가 울면서 그러더라고요.

"우리 집안이 어쩌다 이렇게 됐나? 그래도 화목한 걸로 유명한 집안이었는데."

넷째 누나가 둘째 누나 편을 듭니다.

"그래도 동생한테 뭐라고 할 건 해야지."

그런 거에 전혀 구애받지 않는 다섯째 누나가 옆에서 제 손을 잡 으며 말합니다.

"내 동생. 마흔이 넘어도 참 귀엽다."

저만치 앉아 계시던 엄마가 한마디 합니다.

"그래, 집안꼴 잘 돌아간다."

재미있기도 하지만 가끔은 머리 아프기도 합니다.

여러분도 그럴 때 있으시죠? 좋기도 하지만 싫기도 한 명절이잖 아요.

그래서 다른 말씀은 안 드리겠습니다. 애쓰셨습니다. 제가 잘 압니다. 그런데 추석에 전도 부치고 말 그대로 지지고 볶고 하잖아요. 할 때는 지겹고 힘들어도 막상 해놓고 보면 노릇노릇 먹음직스럽고 뿌듯하고 그렇지 않습니까? 여러분도 지금쯤 명절상 위에 올라온 전처럼 다들 노릇노릇하게 부쳐져 있을 텐데 "수고했다" "고생했다" 이 얘기는 꼭 해드리고 싶습니다.

전쟁 같은 명절을 치르고 온 모든 분들 고생 많으셨습니다.

남들이 지지고 볶고 싸우는 얘기 들으면 재밌잖아요. 우리 가족의 이야기도 한발짝 떨어져서 시트콤에 나오는 가족이다, 생각하고 회상해보면 그것도 재미있을 것 같습니다.

저희 가족 얘기, 여기서 다 못합니다. 엄마와 누나들이 어떻게 싸우는지, 지금 다 얘기해드릴 수가 없어요. 그럼 날 새워야 하거든요. 우리 그런 사람들끼리 위로하고 삽시다.

여러분, 애쓰셨습니다.

출동! 독수리 오누나

"슈파 슈파 슈파 슈파 ～～"

누구든 이 노래를 들으면 만화영화 「독수리 오형제」가 떠오르겠지만, 저는 제 다섯 누나, 일명 '독수리 오누나'가 생각납니다.

저는 5녀 1남 중 막내예요. '딸딸딸딸딸' 다음에 귀하게 얻은 아들이죠. 누나들이 흔히 "막둥이 업어 키웠다"는 말을 하죠? 저 역시 다섯 누나의 등을 옮겨다니며 자랐습니다. 누나들이 한참 어린 저를 서로 옆에 재우겠다고 실랑이를 벌였던 게 기억나요.

가끔은 야단도 맞았지만요. 다들 일하러 나간 사이에 누나들이 아끼는 분첩을 몰래 꺼내서 얼굴에 바르고 양지바른 담 밑에 앉아 있었으니, 화가 날 만도 했겠지요. 방송 출연 때문에 분장을 할 때,

간혹 그때 일이 생각나서 혼자 피식 웃곤 합니다.

　초등학교 6학년 2학기 담임이셨던 신동주 선생님(별명은 동동주)이 무슨 근거로 그러셨는지 몰라도 "제동이는 앞으로 크게 될 아이니 도시 학교로 보내는 게 좋겠다"고 하셨어요. 엄마가 그 말만 믿고 저를 대구로 보냈어요. 그렇게 대구에서 공장에 다니던 누나들과 단칸방에서 자취를 시작했습니다.

　한번은 낯선 도시에서 길을 잃고 전봇대 앞에 서 있는데, 다섯째 누나 친구들이 용케 저를 알아보고 집을 찾아준 적이 있어요. 누나 친구들은 저를 그날 처음 봤는데도 제가 자기 친구 동생인 걸 확신했답니다. 다섯째 누나는 저랑 머리 길이만 다를 뿐 똑같이 생겼거든요.

하나밖에 없는 남동생을 잃어버렸다며
울고불고하던 다섯째 누나는
저를 찾은 게 다행이라면서도,
너무 닮아서 동생인지 척 보고 알았다는
친구들의 말에 꽤나 불쾌해했죠.

　누나들이 집에 돌아오는 시간에 맞춰 후다닥 밥상 앞에 앉아 공부하는 척했던 일, 제가 철없이 옷 사달라고 졸라대니까 누나들이 한푼 두푼 모은 돈으로 '나이키 양면 점퍼'를 사들고 와서 제게 입히고 저보다 더 즐거워하던 모습들이 새록새록 기억납니다. 그런데 지금 더 선명하게 기억나는 건, 그때 누나들이 입고 있었던 낡고 해진 옷들입니다. 그때는 몰랐는데 이제야 저도 조금 철이 드나 봅니다.

제가 고등학교를 졸업하던 날, 누나들이 드디어 우리집에도 남자 어른이 생겼다고 좋아하면서도 참 서럽게 울었어요. 그런 누나들이 이제 다 시집을 갔습니다. 넉넉지 않은 형편이지만 혼자 사는 막내 동생을 위해서 김치와 밑반찬이 떨어지지 않게 늘 보내줍니다. 덕분에 저는 매일 세상에서 제일 맛있고 귀한 반찬을 먹고 있지요.

이렇게 든든한 '독수리 오누나'(이제 조카들까지 합치면 웬만한 게시판은 도배할 수 있는 독수리 부대가 됐지요). 지금도 변함없이 방송 소재를 제공해주는 누나들의 입담이 한없이 고맙습니다.

드라마에서 바람피우는 여자 한 명을 매장시키는 데 채 1분도 안 걸리는 누나들의 놀라운 문학적(?) 통찰력을 보면, 저 때문에 학업만 포기하지 않았어도 지금쯤 한자리씩 하고 있을 거라는 확신이 듭니다.

그런데 누나들이 늘 제게 다정했던 건 아니에요. 무섭습니다. 저는 여러분이 생각하는 것보다 훨씬 더 총명하고 똑똑한 아이였어요. 이미 여섯 살 때쯤 본능적으로 알았어요.

'이번 주에는 첫째 누나를 조심해야겠구나!' '이번 주에는 둘째 누나를 조심하자!' '둘이 겹칠 때는 집에 들어가지 말자!' 이걸 알았던 아이입니다.

예를 들어 어제까지 멀쩡하게 밥을 챙겨주던 첫째 누나가 오늘은 밥 달라고 하니까 밥주걱을 던졌어요. 다른 아이들 같았으면 울고불고했을 거예요. 그런데 저는 스스로 머리를 쥐어박으며 생각했죠.

'계산을 잘못했구나!
셋째 누나한테 갔어야 했는데.'

게다가 누나들이 많아서 세력 다툼이 춘추전국시대가 따로 없어요. 웬만한 정치판보다도 복잡합니다. 우리는 지금 제3당이 나왔다고 난리잖아요. 저희집은 5당 체제예요. 어릴 적부터 첫째, 셋째가 싸우면 둘째는 말리고, 넷째는 첫째한테 가서 붙고, 다섯째는 셋째한테 가서 붙어요. 그러다 또 뭐가 틀어져서 첫째랑 다섯째가 연합을 하고, 둘째랑 셋째가 연합을 하고, 넷째는 아무것도 모르고 "허허" 하고 있다가 당합니다.

제가 밖에 나오면 왜 말이 많은지 아세요? 집에서 한마디도 못

넌 우리가 지킨다.

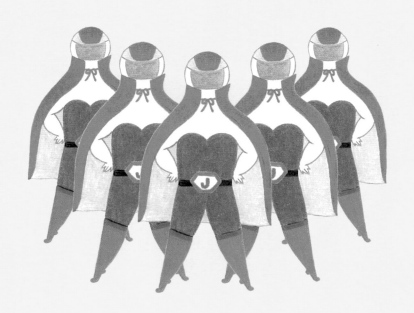

해서 그래요.

하지만 제가 어디서 한 대라도 맞고 오는 날엔 다섯 누나가 모두 출동합니다. 누나 다섯 명이 "뭐?" 하고 동시에 일어설 때의 그 비장함. 첫째 누나가 고무장갑을 벗을 때의 카리스마. 방에서 읽고 있던 책을 들고 뛰어나오는 둘째 누나의 결의. 셋째 누나가 나물을 씻다 말고 물방울 튀기며 전의를 다지는 화려함. 넷째 누나가 뒷문에서 연탄집게를 들고 나올 때는 자못 흉포하기까지 합니다. 마지막으로 저하고 똑같이 생긴 다섯째 누나는 아무것도 안 하고 제 옆에 서 있기만 해도 위협적일 수밖에 없어요. 저랑 똑같이 생긴 사람이 한 명 더 있는 거잖아요.

그때 누나들의 눈빛은 독수리 오형제는 저리 가라였죠.
문제는 누나들이 아직도 그 눈빛으로 저를 지켜보고 있다는 겁니다.

"제동아, 여자만 데려와 봐.
우리가 얼마나 잘해줄 건데."
그 잘해주는 게 얼마나 무서운 건데!

그걸 모른다니까요.

잠 못 이루는 밤에

잠은 오지 않고 생각은 많습니다. 잠 못 이루는 동지들에게 깊은 위로의 말을 건넵니다. 여러분이 크리스마스에 당한 심적 고통도 깊이 이해합니다. 행복하지 않을 이유가 하나도 없죠? 흑~

- 2015. 12. 26. 트위터

그럴 때 있으시죠?

집에 혼자 누워 있으면 잠도 안 오고,

내가 뭐하나 싶고,

뒤척이다가 한 시간 두 시간씩 그냥 지나가버리고,

그럴 바에는 아까 잘걸 후회하고,

잊고 싶은 기억들은

또다시 스멀스멀 올라와서
미쳐버리고 싶을 때가 있습니다.

양을 세라고 해서 정말 양을 한 38만 마리까지 세다가
고기를 잘 안 먹는데도 불구하고
'이 양들을 다 먹어버릴까' 하는 생각이 들 정도로
뭐가 그렇게 억울하고 분한 생각이 많은지,
또 잊지 못할 기억이 많은지 잠이 잘 안 올 때가 있어요.
자려고 누우면 오만 가지 생각이 들고…….

다 그런 것 같습니다.
네, 제가 그러면 여러분도 그럴 때 있겠죠.
여러분이 그러면 저도 그럴 때 있지 않겠어요?
누구는 결혼 후 불면증을 고쳤다던데…….

흠흠흠~~~

"메주 띄웁니다"

그럴 때 있으시죠? 가끔 몸과 마음이 한 번에 무너질 때. 주위를 둘러봐도 아무도 없을 때 떠오르는 말이 있어요. "너는 너의 상처보다 크다." 오늘 이 말이 저에게 가장 절실했어요. 저와 같은 마음들에게 마음으로 전해요.

- 2016. 6. 7. 페이스북

제가 스물여섯 살 무렵 취업을 못하고 있을 때예요. 물론 여기저기 사회를 보러 다니고 수입도 있었어요. 다만 엄마가 생각하는 직업이 아니었던 거죠. 대구 MBC 리포터로 방송에 나오기 전까지는 제가 사회를 보러 다녀도 그걸 일로 인정하지 않으셨죠. 그러다보니 엄마와 자꾸 부딪치고 사이가 안 좋았어요.

누나들은 다 시집가고 단칸방에 엄마랑 둘이 살았는데 제가 한 2년 동안 거의 맨날 밖에서 술 먹고 집에선 잠만 자고 그랬어요. 어느 날 늦게까지 자고 있는데 엄마가 저를 이불에 돌돌 말면서 그랬어요.

"엄마 친구들 갈 때까지 숨소리도 내지 마라."

친구분들이 놀러 와서 이불 뭉쳐진 걸 보고는 "저게 뭐냐?"고 물으니, 엄마가 아무렇지 않게 얘기했어요.

"메주 띄웁니다, 메주."

그렇게 말해놓고 엄마도 마음에 걸렸던 모양이에요. 언젠가 방송에서 엄마가 제게 영상편지를 보내신 적이 있어요.

"니가 쉴 때 엄마 친구들이 놀러오면 너무 부끄러워가지고 니를 감추고 '메주'라고 했던 거, 니 마음에 많이 걸렸제? 엄마가 너무 미안하다. 이 기회에 내가 너한테 사과한다. 용서해라."

그리고 언젠가 엄마가 살아온 인생을 모두 편지로 써서 성경책 안에 넣어주신 적이 있으세요. 읽다가 엄청 울었어요. 침대 모서리에 기대서.

어무이~

어느 날은 술 마시고 엄마에게 전화를 했어요. 제가 진짜 용기를 내서 말했어요.

"어머니, 사랑합니다."

그런데 엄마가 못 알아들었어요. 그리고 당신 말만 합니다.

"밥 묵었나?"

어쨌든 저는 제 도리를 다 했고, 어색하지도 않았고, 엄마는 계속 밥 먹었냐고 하고, 여전히 그렇게 살고 있습니다.

저 이제야
엄마에게서 독립합니다

아주 어릴 때 기억인데 외할머니 등에 업혀서 들었던 말이 아주 생생해요.

"지 애비 잡아먹은 자식. 내 딸년 과부 만든 놈."

아직도 잊히지가 않아요.

그러면서도 외할머니는 저를 등에서 내려놓지 않으셨지만요.

그때 그런 생각이 들었어요.

'그러니까 내가 태어나지 말았어야 했나?'

엄마의 말도 기억나요.

"니들만 없었으면 벌써 딴 데로 갔을 긴데."

그러면서도 가시지 않았어요. 저희 육남매를 키우셨지요.

영천 온 동네를 혼자 보따리를 이고 다니시며 저희를 먹이셨어요.

어느 날인가는 마당에서 놀고 있는데, 엄마가 일을 하다가 갑자기 다가와서 제 뒤통수를 때렸어요. 아무 이유도 없이. 놀라서 쳐다보면 엄마가 다시 일을 하러 가는 거예요. 그때는 엄마를 이해할 수가 없었는데, 제가 마흔이 넘어보니 조금 알겠어요.

가슴에서 불쑥불쑥 뭔가 솟아오를 때가 있잖아요. 여러분도 어머니가 설거지하시다 갑자기 "이놈의 새끼야" 하고 뒤통수를 쳐도 이해해야 해요. 무언가 문득 생각나서 화가 치민 거예요.

그래도 엄마가 늘 밥은 해줬어요. 우동도 사주셨죠. 예닐곱 살 때 대구 동부정류장에서 파는 우동이 있었거든요. 내내 저에게 차갑다가도 그 우동을 사달라고 하면 사주셨어요. 멀미하지 말라고. 그래서 은근히 멀미하는 척을 하기도 했죠.

제 입에 황도를 가득 넣어주셨던 날도 기억나요. 초등학교 2학년 어린이날에 엄마가 부뚜막에서 황도 캔을 따서 숟가락으로 한 입 크게 넣어주었는데, 그때 정말 행복했던 기억이 있어요. 당시 황도가 아주 귀했거든요.

하지만 제 기억 속에 남아 있는 엄마는 대부분 냉정한 모습이에요. 가장 기억나는 일은 제가 연탄가스를 마셨을 때예요. 한두 번은 놀라셨는데, 그다음부터는 저를 마당으로 끌어내서 바닥에 눕혀놓고 그러셨어요.

"동치밋국 먹고 깨면 들어와서 자라."

'엄마가 자식에게 어떻게 이렇게 냉정할 수 있나!'

이런 생각이 오랫동안 제 마음을 지배했던 것 같아요. 물론 엄마의 기억은 다를 수도 있겠지만요.

흔히 엄마라는 단어에서 떠올리는 이미지가 있잖아요. '엄마는 이래야 한다'는 기대가 있는데, 저희 엄마는 좀 많이 다르니까 혼란을 겪었던 거죠. 그걸 극복하는 데 제 30대를 다 보낸 것 같아요.

이제는 담담하게 이야기하지만, 어렸을 때부터 누군가 제 곁을 떠날 수 있다는 불안이 있었던 것 같아요. 저를 제일 사랑해주었던 사람들이 한 명씩 떠나갈 거라는 두려움 말이에요. 엄마는 언제든지 누군가를 찾아 떠날 것 같았고, 누나들은 결혼해서 다른 남자들한테 계속 떠나갔죠. 아직 예닐곱 살이면 그런 이별이 당연한 거고, 나이 들면 다 각자의 가족을 이루고 산다는 걸 알 나이가 아니잖아요.

그때부터 강박관념이 생겨서인지 인간관계가 어려웠어요.

'내가 뭔가 못된 아이여서 모두 나를 떠나가는구나!'

'누군가 떠나가지 않게 하려면 내가 뭔가 잘해야 하는구나!'

'사랑받으려면 노력해야 하는구나!'

그런 마음이 늘 마음 한편에 있었던 것 같아요.

그러다가 제가 마흔이 넘으면서 엄마와 사이가 좀 회복됐어요. 지금의 저보다 더 젊은 나이에 육남매를 데리고 혼자가 된 한 여자가 조금씩 보이기 시작했거든요. 저는 40대가 되면 다 철들고 어른이 되는 줄 알았어요. 그런데 별로 바뀌는 게 없더라고요. 이성에 대한 호기심도 똑같고, 아직도 사는 게 혼란스럽고, 겁도 나요.

'마흔쯤 되면 인생을 알겠지.'

이런 생각이 얼마나 건방진 생각이었는지 이제 조금 알겠어요.

'그런데도 엄마는 홀로 육남매를 키웠구나!'

이런 생각이 들기 시작하면서 엄마를 이해하기 시작했어요.

'그래, 우리 엄마도 많이 외로웠겠다.'
'누군가가 필요했겠다.'

이렇게 이해가 되더라고요.

그런데 아직 완전히는 아니에요. 버스나 지하철을 타고 가다가 60대, 70대 어머님들을 보면 기꺼이 일어나서 자리를 양보하는데, 막상 집에 와서는 손수 이부자리를 깔아주시는 엄마에게 괜히 짜증을 내기도 합니다.

그러고는 '똑같은 여자 어른인데, 나는 왜 그럴까?' 하는 생각이 들어 자책하기도 해요. 그럴 때는 엄마를 내 엄마가 아니라 그냥 길거리에서 짐 들고 가시는 여든네 살 할머니로 보려고 노력해요.

그러면 마음이 좀 나아지더라고요. 육남매를 버리지 않고 키운 것만 해도 정말 대단하다는 생각이 들지요.

미워할 때 오히려 종속되는 것 같고, 이해하고 나니까 그게 진짜 독립인지도 모르겠다, 하는 생각이 들더라고요. "저 사람 미워" 하며 살면 사실 그 사람한테 잡혀 사는 거잖아요.

이해하고 나니까 이제야 엄마에게서 진짜 독립하게 되는 것 같아요. 마마보이처럼 항상 "엄마, 이건 어떻게 해야 해?" "엄마, 이렇게 해야 해?" 하는 것도 매여 있는 거지만, 엄마를 미워하면서 항상 그늘에서 벗어나지 못하는 것도 또다른 형태로 매여 있는 거죠.

그런 의미에서 보면 이제야 엄마의 기대가 아닌, 또는 엄마에게거는 기대가 아닌, 제 스스로 제 인생을 결정하는 독립의 시기가 된 것 같아요.

제 나이 마흔세 살에.

고백은 주로 시험기간에

날은 좋고 사람은 있는데 사람이 없는 날.

나무 흔들리는 걸 보며,

뿌리 깊이 딴 곳에 있는 줄 알면서

모른 척 어여 오라고 막 떼쓰고 부르고 싶은 날.

가지도 못하고 오지도 못하는 것들끼리 스치는 날.

그런 날.

– 2016. 9. 19. 페이스북

연애, 어떻게 하면 잘할 수 있을까요? 지금부터 연애에 대해 말
씀드릴게요. 속으로 그런 생각 들죠?

'니가 연애에 대해서 얘기를 해?'

그런데 성공은 세상에서 가장 멍청한 스승이고, 실패는 가장 위대한 스승이라고 하잖아요. 그러니 제가 연애에 관해서 알려드릴 게 얼마나 많겠습니까?

KBS「나는 남자다」에서 한 청년이 물었어요.
"성공하기 위해서는 사랑이라는 감정에 빠지면 안 될 것 같은데요, 공부할 때는 연애를 접어야 하나요?"
제가 그랬어요.
"그런 쓸데없는 생각을 하면 연애도 못하고, 공부도 못해요."
공부와 연애가 동시에 가능한가, 이 질문은 아직 연애를 안 해본 사람이 생각만으로 하는 이야기일 가능성이 높아요. 머릿속에 그리는 공포는 막상 현실에서 부딪히면 생각보다 크지 않습니다.

이성에게 고백할 때는 간단합니다.
'나에게 고백할 자유가 있다면,
그 사람에게는 거절할 자유가 있다.'
그것만 알면 연애는 끝입니다.

그러면 고민할 시간을 줄일 수 있습니다.
아무한테나 가세요.
"사랑합니다."

"어머, 이러지 마세요."

그러면 "아, 알겠습니다" 하고 가면 돼요.

이렇게 할 때 가장 큰 장점은, 고백하면 고민은 상대방 것이 된다는 겁니다. 고백하지 않으면 고민은 내 거예요. 내 고민을 상대방에게 주고, 나는 내 일에 충실하자는 거예요.

"중간고사 기간인데도 그 사람 때문에 공부를 못하겠어요."

그럴 필요가 없어요. 중간고사 기간에 고백을 하고 나는 내 공부를 하는 거예요.

어때요? 책 딱 덮고 고백하러 가는 겁니다.

그런데 답이 없으면 계속 생각나잖아요. 그러면 며칠 후에 다시 찾아가는 겁니다.

"저는 아직 사랑하는데 답이 없으시네요."

"생각해봤는데 안 되겠어요."

그러면 "아, 네, 알겠습니다. 대신 저는 좀더 생각할게요" 하고 가면 돼요. 핵심은 내가 행복하자는 거예요.

확! 고백해버리고.

그런데 저도 알고, 여러분도 알아요. 정말 좋아하는 사람이 생기면 모든 이론은 무너지는 거. 말처럼 잘 안 돼요. 후후!

이별 극복법, 그런 거 없다.
울 만한 날은 울어야지

그럴 때 있으시죠? 가끔 골목길을 걸으며 누가 보든 말든 펑펑 울고 싶을 때. 아니면 내가 우는지도 모르고 길을 걸을 때. 그런 아이를 며칠 전에 만났거든요. "무슨 일이냐" "왜 우느냐"고 물었더니 방금 남자친구와 헤어졌다는 거예요.

어깨 두드리면서 "괜찮다, 너만할 때 한번씩 겪는 일"이라고 말하려다가 입 꾹 다물고 오래 같이 울었어요. 울 만하다고 그랬어요. 울 만한 날이잖아요. 울 만한 날 울어줘야 사람이 사는 듯해요.

울 만한 사람들이 모두 맘껏 울 수 있기를, 웃으라고 강요받지 않기를, 그래서 진짜 싱긋 웃을 수 있기를. 오늘 비 올 만한 날이네요.

- 2016. 6. 15. 페이스북

어떤 분이 만난 지 6개월 만에 차였다면서, 실연의 상처를 극복하는 법을 물었어요.

"이틀 전에 헤어지고 집 앞에서 동네가 떠나가라 울어서 사람들이 다 저를 쳐다봤어요. 이별의 아픔을 극복하는 방법이 있을까요?"

밥 먹은 걸 소화하는 데는 서너 시간이 걸려요.
하물며 사람을 6개월 만났는데,
이틀 안에 어떻게 잊겠어요. 한끼 먹은 음식도
소화하려면 몇 시간이 필요한데
사랑했던 사람을 잊는 거잖아요.

자신에게 모질게 대하지 말고 시간이 흐르는 대로 그냥 기다릴 수밖에요.

'사람이 온다는 건 실은 어마어마한 일이다. 그는 그의 과거와 현재와 그리고 그의 미래와 함께 오기 때문이다. 한 사람의 일생이 오기 때문이다.'

광화문 서점 현판에도 걸려 있던, 정현종 시인의 시구가 생각나네요. 어떤 사람의 인생 전체를 6개월 동안 대면했는데, 며칠 만에 잊으려고 한다는 건 스스로에게 너무 모진 일 아닐까 싶어요.

사실 저도 사랑하는 사람과 헤어지면 한참 고민하고, 잘 못 잊어요. 집에서 기타만 쳐도 여자친구에게 기타 가르쳐주던 일이 생각나요. 그래서 기타 치다가 괜히 혼자서 기타줄 탕~ 치고 눈물 찍 흘리고…….

어느 날은 일을 마치고 집에 갔는데 마음이 너무 힘들어서 샤워부스에서 물을 틀어놓고 옷 입은 채로 막 울었어요. 영화처럼 한번 해보고 싶어서요. 보통 집에서 물을 틀어놓고 우는 것은 가족에게 안 들키려고 그러는 거잖아요. 그런데 전 혼자 살잖아요.

한참 울다가 문득 그런 생각도 하고 그럽니다.

이별에 완벽하게 적응하는 사람, 이 세상에 없을 거예요. 다들 헤어지고 나면 그 사람을 잊기 힘들어하고, 상처 받을까봐 두려워하면서 그렇게 살아가는 것 같아요. 비슷합니다.
사람은 죽을 때까지 이별에 적응하는 과정 속에 있는 여행자들인지도 모르겠어요.

꼭 F 주세요.
주님 뵙게 해드릴 테니

나무 위에 달 걸어놓고, 내 손 위에 술 걸어놓고, 내 마음속에 당신 걸어놓고, 어깨동무하고 우리를 걸어놓고. 건배!

- 2011. 8. 17. 트위터

몇 년 전에 실연했다고 술 많이 먹고 화분에 머리 박고 쓰러져서 "나 같은 건 죽어도 된다"고 주정을 부린 뒤로 자연스럽게 술을 끊었어요. 아주 끊은 건 아니고 맥주 한두 잔 정도는 먹는데, 예전처럼 즐겨 마시거나 폭음을 하지는 않아요.

요즘도 비 오는 날엔 한 잔 정도는 마시고 싶어요. 해물파전 냄새는 참겠는데, 빗소리는 못 참겠거든요. 타닥타닥 빗방울이 떨어지면 세상이 다 젖는데 나만 젖지 않는 건 왠지 세상에 대한 배신 같아서요.

제가 술에 대해서는 나름 철학이 있는데, 이건 대학에 다닐 때 만들어진 것 같아요. 지금도 있는지 모르겠는데, 그때 저희 학교 앞에 '올F'라는 술집이 있었어요. 그 술집에 올F 성적표를 가져가면 3개월간 술을 공짜로 먹을 수 있었거든요. 당시 제 성적으로는 많이 어렵지 않은 일이었죠.

그런데 어느 학기엔가 성적표를 받아보니 다 F인데 관광영어 한 과목만 A⁺가 나온 거예요. 캐나다에서 오신 수잔 이 크로우라는 교수님이셨는데, 제가 찾아갔어요.

"Hey professor, please give me F."

더 자세한 사정까지 영어로 말할 실력은 안 되니까 제가 교수님을 모시고 올F 술집에 갔어요. 가서 진지하게 대충 이런 식의 대화를 나눴죠.

"선생님만 F를 주시면 제가 이 술집에서 3개월 동안 술을 공짜로 먹습니다."

"내 평생 A를 F로 바꿔달라고 하는 학생은 네가 처음이다."

그렇게 F학점을 받고 교수님과 공짜 술을 마시면서 온갖 얘기를 나눴어요. 제 인생에서 영어는 그때 그 교수님과 3개월 공부한 게 다예요. 술 마시고 영어로 얘기하면 술기운에 부끄러운 줄도 모르고 발음도 너무 좋은 거예요. 그래서 제가 교수님한테 그랬어요.

"소주 is my best English teacher."

제가 이런 얘기를 한 적이 있어요.

"세계 5대 성인의 반열에 술도 올려야 합니다. 예수, 석가, 마호메트, 공자, 그리고 술, 즉 주님은 신이 갖춰야 할 모든 요소를 갖추고 있습니다."
제 얘기에 교수님도 나름 동의하셨지요.

제가 비록 요즘은 술을 멀리하고 있지만 사실 우리 주님은 위대합니다.

첫째, 어디에나 계십니다. 그것도 각기 다른 모습으로. 때로는 소주의 모습으로, 때로는 막걸리의 모습으로, 때로는 와인의 모습으로, 때로는 소맥의 모습으로. 그렇게 다양한 모습으로 현신하셔서 인간의 아픔을 위로하십니다.

둘째, 때를 기다리십니다. 우리가 문을 열어주지 않으면 빛을 볼 수 없는 깜깜한 냉장고 안에서 절대로 움직이지 아니하고 때를 기다리십니다.

셋째, 희생하십니다. 돌려 따고, 우그러뜨려서 따고, 심지어 병목을 쳐도, 다 내어주고 절대 성질을 내지 아니합니다. 자신을 희생하십니다.

넷째, 기적을 행하십니다. 앉은 자를 일어나게 하시고, 잘 못 뛰던 자를 빨리 뛰게 하시고, 평소 노래 한 곡 못하던 여학생을 노래방 탁자 위에 올라가게 하시며, 끽소리도 못하던 부하직원이 직장

비 오는 날엔
삼쏘에.

상사에게 큰소리를 내게 하십니다. 그다음 날 아침엔 직장상사와 부하직원 모두에게서 전날 밤의 기억을 깨끗이 지우고 그 둘 사이에 화평을 이루게 하십니다.

다섯째, 정결케 하십니다. 많이 먹으면 몸에 안 좋은 모든 것들을 본인이 데리고 밖으로 나오십니다. 기독교로 말하면 정화고, 불교로 말하면 정토사회를 만들어나갑니다. 사람의 몸을 깨끗하게 합니다. 많이 들어가면 안 좋은 모든 것들을 밖으로 끌고 나옵니다. 그리고 무아지경에 이르게 합니다. 내가 없어지는 경험. 그리고 세상 모두에게 나를 참회하게 만드십니다.

"미안하다. 우웩! 내가 아무것도 아니다. 우웩! 내가 잘못했다. 다 내 탓이오."

여섯째, 낮은 곳으로 임하십니다. 가장 더럽고 낮은 곳으로 자기 몸을 임하시고 내 몸은 깨끗하게 하십니다.

일곱째, 빈병을 들고 슈퍼로 가면 돈으로 부활하십니다.

이렇게 술은 신의 모든 요소를 갖췄습니다. 다만 모든 종교가 그러하듯 너무 심취하면 일상생활에 지장을 줍니다. 그래서 술은 너무 많이 마시면 안 됩니다. 손이 떨릴 정도로 마시면 안 돼요. 일주일에 두 번 이상은 넘지 마세요. 한 번이 가장 적당합니다. 교회도 일주일에 한 번 가잖아요.

그러니 일주일에 한 번 정도가 적합해요. 다만 수요예배를 드리는 날도 있잖아요. 그래서 두 번 정도는 괜찮습니다. 수련회를 갈 때도 있으니까 1년에 한 번 정도는 마음껏 드셔도 괜찮아요. 아무리 그래도 일주일에 두 번을 넘는 것은 좋지 않습니다.

주님을 오래 모신 제 이야기니 꼭 들으세요.
흐흐.

느릿느릿, 토닥토닥, 와락

잠을 못 자는 나를 용납해주고 혹여 늦잠을 자더라도 모른 척해주려고 합니다. 다 이유가 있겠지요. 내 마음을 껴안고 무슨 일이냐고, 오늘 어땠냐고, 누가 너를 마음 상하게 했냐고 다정하게 토닥일 겁니다. 거의 자웅동체의 경지입니다. 행복합니다.

– 2013. 11. 25. 트위터

아는 여배우가 남자랑 영화를 보다가 기자 눈에 띄었습니다. 그 기자분이 사실을 확인하려고 소속사에 전화를 한 모양이에요. 그 때 그 소속사 사장님이 "남자랑 영화를 보면 다 연애하는 것이냐" 고 물으니 기자가 "그렇게 볼 수 있지 않느냐"고 그러더래요. 그래서 그 소속사 사장님이 그랬대요.

"어제는 김제동씨랑 뮤지컬을 봤는데, 그럼 그것도 연애한다고 기사화해야죠."

그러니까 그 기자가 "김제동씨는 경우가 다르죠"라고 하면서 결국 열애설을 보도하지 않았답니다.

그런데 그 소속사 사장님이 제게 그 이야기를 전한 의도가 뭘까요? 그 기자도 그래요. 저는 뭐가 다르다는 거죠, 도대체? 제가 자웅동체도 아니고, 저도 여배우랑 공연 보면서 연애할 수 있는 것 아닌가요?

지금 저와 가장 가까이 지내는 것은 달팽이에요. 달팽이는 암수가 한몸인 자웅동체입니다. 만약 제가 다시 태어난다면 자웅동체가 되고 싶습니다. 그래서 이성문제 고민 없이 살아보고 싶어요.

달팽이 두 마리를 키우는데 만화가 강풀씨가 선물해줬습니다. 아침마다 달팽이를 산책시키는데, 내려놓고 저는 가만히 지켜봐요.

날씨가 습할 때는 달팽이가 혼자서 굉장히 많이 움직입니다. 달팽이 두 마리를 보면서 '나도 좀 느리게 가도 괜찮겠다' 이런 생각을 합니다.

"눈이 높으면 안 된대이!"

어머니 생신이라 대구에 왔다 갑니다. 어머니께서 "장가는 언제 가냐"고 하셔서 "그게 제 마음대로 되냐"고 했더니 "하기야 같은 여자로서 여자들의 마음도 이해는 된다"고 하십니다. 무슨 뜻일까요? 우리는 가족이 맞는 거죠?

- 2011. 8. 9. 트위터

그러면서도 저희 엄마는 제가 눈이 높아서 결혼을 못한다고 생각합니다.

"엄마 소원은 이제 하나밖에 없대이. 제동이 니가 결혼하는 것뿐이래이. 잘 알아들었나? 귀 기울이고 들으래이. 결혼해라. 눈 높으면 안 된다. 우리가 뭐 잘났다고. 그러니 눈이 높으면 안 된대이!"

저희 엄마가 그런 데는 다 이유가 있습니다. 여자친구에게 차이고 난 다음에 늘 제가 찼다고 얘기를 했거든요.

저희집에 한 번 왔다간 친구와 헤어진 뒤에, 하루는 제가 못 참고 방에서 울고 있었어요. 엄마가 방문을 열어보시고는 놀라서 묻더라고요.

"니 와 우노?"

"저랑 헤어진 걔가 너무 불쌍해서요."

엄마가 걱정하실까봐 제가 이렇게 말했어요.

하나밖에 없는 아들이 축구공도 아니고 매번 차이고 다니면 얼마나 마음이 아프시겠어요.

시누이 다섯 명에, 홀시어머니에, 하루 담배 한 갑 반에, 불과 얼마 전까지 주당이었으며, 보수적이고, 무뚝뚝하고, 키 169센티미터, 결혼하기 힘든 조건들만 고루 갖추고 있는 이런 남자를 좋아해줄 여자분, 어디 없을까요?

전 이렇게 할 겁니다.
한다면, 만약 한다면

얼마 전 명동성당에 갔는데, 수녀님들 150여 분이 나오셔서 저를 좋아하신다며 둘러싸요. 신부님께서 "명동성당에 영화배우들도 많이 다녀갔는데, 수녀님들이 이렇게 좋아하는 연예인은 처음 봤다"고 하시는 거예요. 그때 제가 깊은 기쁨과 슬픔을 동시에 느꼈습니다.

'왜 세상을 버려야만 내가 보이는가?'
(웃지 마세요, 심각합니다.)

그런 생각을 한 적이 있습니다. 물론 그분들은 세상을 버린 게 아니라 오히려 더 큰 세상을 얻으신 분들이지만요.

우리에게는 결혼의 조건이라는 것이 있습니다. 누구는 돈이 1순위라고 하고, 누구는 좋은 직업이 1순위라고 얘기합니다. 하지만 다 의미 없는 말일지도 모르겠다는 생각이 들어요.

어느 날 내가 가지고 있던 모든 가치와 사상을 무너뜨리는 사람이 눈앞에 딱 나타나면 다 쓸데없는 거잖아요.

눈에 콩깍지가 씌면 아무것도 필요 없잖아요.

가령, "돈은 얼마가 있어야 해"라고 말하면서도 어느 순간 제짝을 만나면 아무것도 따지지 않고 같이 살게 되잖아요. 대한민국에서 60퍼센트는 이런 스타일을 좋아하고, 40퍼센트는 저런 스타일을 좋아한다는 통계가 무슨 소용이 있겠어요. 왜냐하면 나한테는 이 사람이 100퍼센트니까요.

저도 그런 사람 만나면 결혼하려고요. 결혼식 시간도 다 정했습니다. 아침 7시 30분쯤으로 생각하고 있어요. 양가 부모님이 깨시기 전에 하려고요. 왜냐고요? 양가 부모님이 반대하실지도 모르니까요.

제가 꿈꿔온 결혼식은 딱 두 가지입니다. 하나는 기차 여행 결혼식이에요. 역마다 신랑신부의 가족이나 친구들이 기다리며 놀고 있고, 신랑신부는 기차를 타고 출발하는 거죠. 다음 역에서는 신랑 하객들이 입장하고, 그다음 역에서는 신부 하객들이 타고, 마지막에는 운전해주시던 기관사분이 내려서 이렇게 축하 인사를 해주는 겁니다.

"내가 이 기차를 잘 운전해왔듯이 두 분 결혼생활도 그랬으면 좋겠습니다."

두번째는 자전거 여행 결혼식입니다. 두세 달 일정을 잡아서 신랑신부가 직접 하객들을 찾아다니는 거죠.

"야, 우리 결혼한다. 안녕!"

이렇게 말하고 그 집에서 하루 지내는 거예요. 그게 바로 신혼여행이기도 하고요.

하지만 결혼할 신부만 제 옆에 있다면 전 그냥 그 사람이 하고 싶은 대로 따를 겁니다. 한다면, 만약 한다면 말이에요.

잘 자, 베개야.
좋은 꿈 꿔, 이불아.

공연 후에 돌아갈 텅 빈 집은 늘 저를 더 쓸쓸하게 만들었습니다. 오늘도 물론 그렇겠지만. 홀로 몸을 누이는 모든 외로운 사람들에게 무한한 동지애를 보냅니다. 특히 모로 누워 베개를 다리 사이에 끼우고 자는 동지들에게. 흑흑

- 2013. 2. 23. 트위터

꼭 안고들 주무세요. 혼자이신 분들은 한쪽 팔로 뺨과 턱을 지지하고 비스듬히 누운 상태에서 다른 팔로 뒤통수를 감싸듯이 눈과 얼굴을 감싸세요. 다른 사람 팔이다 생각하고, 베개 다리에 끼우시고, 좋은 밤 되세요.

- 2012. 9. 23. 트위터

꼭 안고 자자, 우리. 다시는 만나지 못할 것처럼. 세상이 다 너를 내팽개쳐도 나는 너를 지킬 테니. 세상 소리 다, 내 품안에서 못 듣게. 내 더운 몸으로 너를 껴안을 테니 아무 걱정 없이 자라. 잠든 사이에도 너에게서 멀어지지 않을 테니. 잘 자, 베개야.

- 2012. 3. 23. 트위터

내가 너의 이유가 되어주마. 네가 세상에 꼭 필요한 존재의 이유가 되어주마. 하루 종일 나를 기다려준 고마움을 잊지 않으마. 손으로 말아 쥐고 다리 사이에 끼고 떨어지지 말고 자자. 잘 자, 이불아.

-2012. 3. 26. 트위터

지금, 당신 옆엔 누가 있나요?

문득 누구든 붙들고 서럽게 울고 싶은 시간이 있지요. 유연성을 길러야겠
어요, 스스로의 무릎에 얼굴을 묻고 울려면. 새벽 눈물로 아침을 기다리는
찬란한 동지들에게 깊은 공감을 보냅니다. 행복하지 못할 이유가 많습니
다만. 그래도 뒷말은 아시죠?

- 2013. 12. 28. 트위터

여러분, 그럴 때 있으시죠?
차라리 걸어가는 게 빠르겠다 싶은 순간.
사실 지금 차 안이에요.
굉장히 막힙니다.
금요일 저녁에 올림픽대론데.

더 쭉쭉 펴봐ㅡ.

끄응...

올림픽 할 때만큼 막힙니다.

어쨌든 예전에요.
프랑스에서 낙서대회가 한 번 열린 적이 있거든요.
아마 우리나라로 치면 서울하고
서울 근교 외곽도시를 연결하는,
차가 가장 막히는 지역 도로였던 것 같아요.
그래서 출퇴근 시간에 꽉 막히는 그 도로를,
가장 빨리 갈 수 있는 방법을
낙서대회를 통해서 공모했습니다.
그렇게 해서 갖가지 아이디어가 나왔어요.
"비행기를 타고 간다."
"지하철을 탄다."
"뛰어간다."
"자전거를 타고 간다."
"안 간다."

여러분은 어떤 생각이 드세요?
어떻게 하면 막히는 도로를 가장 빨리 갈 수 있을까요?
생각하셨어요?
여러분의 생각도 궁금하네요.

거기에서 1등한 문장이 뭐였냐 하면요,
"사랑하는 사람과 함께 간다"였습니다.

좋아하는 사람과 같이 있다보면
시계가 잘못됐나 싶을 만큼 시간이
빨리 지나가버릴 때가 있잖아요.
물리적 거리보다 심리적 거리가 좁혀졌을 때,
그러니까 누구와 있느냐에 따라
시간도 잊고 공간도 잊는
놀라운 마법을 경험하는 거지요.

오늘 출근길이든, 퇴근길이든,
한적한 산길이든, 꽉 막혀 있는 도로든,
시간과 공간에 구애받지 않고,
여러분 마음속을 꽉꽉 채워주는 그런 사람이
곁에 있었으면 좋겠습니다.

없으면 없는 대로 슬퍼 마시고
내가 나에게 그런 사람,
좋은 사람이 되어줬으면 합니다.
의미 없다고요?

연습하세요! 세상에 거저 되는 게 어디 있습니까?

예, 맞아요, 저 지금 좀 까칠합니다.

길은 계속 막히는데

옆에는 남자 후배가 앉아 있거든요.

아이고!

우린 짜증나서 안하하하히~ ...

그 말을 딱 듣는 순간, 힘들고 서운한 감정이 순식간에 풀어지면서 가슴이 차오르는 거예요. 이건 단순히 연애 초기의 설렘이 아니라 제 인생이 새로 열리는 느낌, 그런 감동이었어요. 사람이 사람에게 받을 수 있는 진짜 감동, 이런 거겠죠?

비록 우리는 헤어졌지만, 그때 그 마음은 잊히지가 않아요. 여전히 지금도 고마워요.

미운 오리새끼, 날 수 있을까?

저도 캠퍼스커플이던 시절이 있었습니다. 2년 정도 사귀고 헤어졌는데, 그때는 그녀가 저의 세상이자 우주였습니다. 그 예쁜 얼굴 보라고 낮이 있는 것 같았고, 이 사람 잠자고 편히 쉬라고 밤이 있는 것 같았으니까요.

헤어지고 마음이 몹시 아팠어요. 지금은 어디서 잘 살고 있을 거예요. 진짜로 고맙다는 생각이 듭니다. 그 사람이 없었으면 제가 사랑이 뭔지, 이별이 뭔지 어떻게 알았겠어요?

그 친구가 저 싫다고 떠나간 뒤에 지하 단칸방에서 술을 참 많이 마셨어요. 그때가 저희 엄마가 저를 두고, 친구들에게 '메주 띄운다'고 했을 때예요.

제가 날이면 날마다 술을 마시니까 하루는 엄마가 직접 술을 사 들고 오셨어요.

"자식새끼 20년 넘게 키워놨더니 그놈의 가시나가 2년 만에 빼앗아가는구나. 그럴거면 내하고 술 먹고 같이 죽자. 밖에서 먹지 말고."

저희 엄마가 술을 못 드세요. 그러니 제가 "엄마, 안 됩니다. 제가 술을 끊을게요" 이렇게 이야기했어야 하는데, 컵에 소주를 가득 따라서 "한잔하세요" 하고 권한 거예요. 엄마가 그 술을 드시고 기절하셨어요. 그다음부터는 엄마가 다시는 술 얘기를 안 하세요.

어쨌든 그녀를 잊는 데 한 3년 정도, 헤어나오는 데 몇 년 더 걸렸던 것 같아요. 지금도 그녀의 삐삐번호를 다 기억합니다. 애써 기억하는 게 아니라, 그때는 직접 손으로 버튼을 눌러야 했으니까 손이 기억하는 거죠.

지금까지 그 번호를 외우고 있다고 하면 "으, 너무 끔찍해. 너무 집착하는 거 아냐?" 싶기도 할 겁니다. 그런데 하루에 열두 번도 더 눌렀던 번호고, 그녀도 하루에 열두 번도 더 연락을 했기 때문에 기억에 남을 수밖에 없어요. 잔돈을 공중전화기에 넣어서 통화하다가 동전이 툭툭 떨어지는 소리를 들으면서 '돈이 다 돼 가는데' 하며 아쉬워하는 그런 연애를 했어요.

지금 생각해보면 제가 지금껏 만났던 친구들에게 말은 늘 통이 큰 사람처럼 해놓고 바라는 것도 많고 고집도 셌던 것 같아요. 말은 안 했지만 내심 엄마 같은 사람, 힘들 때는 옆에 있어주는 사람. 그러다 제가 혼자 있고 싶을 때는 기꺼이 떨어져 있어주는 사람을 원했던 것 같아요.

그런데 세상에 어떤 사람이 그런 걸 해주겠어요? 제가 못된 거죠. 오히려 제가 상대방이 힘들 때 곁에 있어주고, 혼자 있고 싶을 때는 떨어져주고 그랬어야 했는데, 제가 그걸 못했던 거죠.

그러니 당시 여자친구가 견딜 수 없었을 것 같아요. 예를 들면 이런 식이었어요.

"어차피 너도 날 떠날 거잖아."
그러면 여자친구가 이렇게 얘기합니다.
"아니, 오빠 왜 자꾸 그런 얘기를 해?"
"떠날 거니까."
"안 떠난다니까."
"아니, 떠날 거잖아."
"자꾸 왜 이래?"
그러다가 여자친구가 진짜 떠나잖아요?
"봐, 떠나잖아."

전반적으로 이런 분위기가 형성됐던 것 같아요.

얼마 전 SBS「미운 우리 새끼」라는 프로그램에서 소개팅을 했는데, '내가 아직도 멀었구나' 싶었어요. 방송이긴 하지만 여자분과 단둘이 이야기를 나누는데, 어찌할 바를 모르겠더라고요. 이성과 단둘이 있는 시간이 어색해서 괜히 지나가는 동네 아이들에게 말을 걸게 되고요. 물론 세월호 이후에 아이들에게 먹이고 싶은 마음, 챙기고 싶은 마음이 습관이 된 것도 있지만, 여자분과 단둘이 이야기를 하려니 어색하더라고요.

제 모습을 보고 많은 분들이 "여자분에게 너무 예의 없이 굴었다" "그러니 장가 못 갔지"라고 뭐라 하셨죠. 나중에 담당 PD가 저에게 그러더라고요.

"우리는 제동씨가 여자랑 단둘이 있으면 어색해서 딴짓하는 거, 여자 앞에선 바보 같은 거 너무 잘 아니까 재미있겠다 싶어 그렇게 편집한 건데 미안하네. 시청자들도 우리처럼 제동씨의 방어기제를 알아봐줄 줄 알았는데……."

사실 제가 500명의 여성분들과는 재미있게 이야기할 수 있는데, 한 명의 여성과 함께 있는 걸 잘 못해요. 어색하거든요. 제 안의 어떤 방어기제가 아직도 작동하는 것 같아요. 그게 뭔지 조금 더 알아봐야겠어요.

그래도 저의 이런 모습을 보면서 "김제동처럼 행동하면 연애를 못하겠구나" "저러면 안 되겠다" 하고 배울 게 있지 않을까 싶어요. 사실 제가 연애에 대해 이러쿵저러쿵 이야기할 수 있는 것도 실수담이 많아서예요. 야구도 지고 난 다음에 회의가 길고 배울 게 많거든요.

아무튼 이래저래 연애도 못하면서 실수담으로 연애 강의를 하는 저에게, 사람들이 본인들 연애 얘기를 하면서 되게 미안해합니다. 어떤 분이 그러더라고요.

"저는 연애한 지 2년 반쯤 됐는데요."

"그래요? 그런데 왜 그렇게 조용하게 얘기하세요?"

"너무 죄송해서요."

그게 저한테 죄송해할 일이 아니잖아요. 그런데도 사람들이 연애를 하면서 저한테 미안해하고 그걸로 사람들이 웃는 걸 보면, 제 실연의 경험이 참 든든한 재산이라고 생각해요.

여러분을 웃길 수 있고, 지금 제가 비록 혼자 살고 있지만, 불편하거나 부끄럽지는 않으니 별로 문제될 게 없잖아요.

아프니까 책 읽는다

편도선과 무릎이 아파요. 퇴행성은 아니겠죠? 누구도 어떤 것도 괴롭힐 수 없는 여러분의 마음과 연애와 은밀함을 지지합니다. 야한 밤들 되세요. 히힛~

- 2011. 6. 2. 트위터

초등학교 1학년 무렵으로 기억하는데, 친구와 우산 꼭지로 장난 치다가 친구가 제 다리를 탁 찍었어요. 피가 나긴 했지만 아주 조금밖에 안 났어요. 별로 아프지도 않고. 살다보면 누구의 잘못도 아닌데 일만 잘못되는 경우가 있잖아요.

그때 상처가 아직 있어요. 처음에는 어디가 아픈지 잘 몰랐어요. 다리가 자꾸 붓고 열이 나니까 엄마가 계속 해열제만 먹였어요. 몸

살인 줄 아셨던 거죠.

그때는 대부분 아주 큰 병이 아니면 거의 집에서 해결했어요. 저희 엄마도 나름 명의셨죠. 바가지에다 물을 담아서 머리맡에 두고 그 위에 칼질을 계속하는 거예요. "감기 귀신 물러가라" 이렇게 주문을 외우면서요.

그게 무서워서 어지간해서는 아프다는 소리도 안 하고, 아파도 금세 다 나았다고 했어요. 얼마나 무서운지 몰라요. 새벽 1시에 눈을 딱 떴는데 엄마가 제 머리맡에 칼을 들고 서 있으면. 그런데 다리가 점점 더 부으니까 엄마가 그러시더라고요.

"참 희한하다. 감긴데 다리가 이렇게 부을 수가 있나?"

일주일쯤 후에 다리가 엄청 부어서 병원에 갔는데 파상풍으로 번져서 다리를 절단해야 한다는 거예요. 그 말에 엄마가 거의 기절할 뻔했어요. 평소에 "이놈의 새끼, 다리를 부러뜨려야 된다"고 하셨던 분이 막상 의사 선생님이 아들 다리를 절단해야 한다고 하니까 큰 충격을 받으신 거죠.

그때 외삼촌이 혹시 모르니까 큰 병원에 한 번 가보자고 해서 대구에 있는 큰 병원에 갔는데, 거기서는 일단 6개월 정도 치료해보고 결정하자고 그러더라고요. 그날 바로 다리에 깁스하고, 조그맣게 구멍을 낸 자리에 주사기를 꽂아서 피고름 같은 걸 빼냈어요. 그걸 매일 했어요.

대구에 사는 외숙모가 저를 업고 병원에 다녔는데, 참 고마운 분이죠. 깁스한 시조카를 6개월 동안 업고 다니며 치료를 받게 했으니, 지금도 감사하게 생각하고 있어요.

그렇게 6개월을 치료받고 난 다음 다행히 의사 선생님이 "다리 절단은 안 해도 될 것 같다"고 진단을 내렸어요. 그 얘기를 듣고 삼촌이 다리를 절단해야 한다고 했던 병원에 술을 드시고 찾아갔어요. 가만히 안 둔다고 벼르고 가서는 의사가 받아다준 소주 두 병을 얻어 드시고 오셨지요. 그렇게 삼촌의 의료 투쟁은 짧게 끝났어요. 어쨌든!

깁스하고 있던 몇 개월 동안, 못 움직이니까 할 게 없잖아요. 그때가 제 인생에서 책을 가장 많이 읽은 시기예요. 외삼촌 집에 있으면서 보이는 족족 책을 읽었어요. 위인전도 읽고, 『건강 다이제스트』라는 잡지도 읽었어요. 손바닥 크기만한 작은 잡지인데, 펼치면 갑자기 수영복 입은 여자 사진이 툭 떨어지고 그랬어요.

물론 그거 때문에 읽은 건 아닙니다!

제가 원래 책을 좋아했어요. 시골집에도 책이 좀 있었습니다. 동네에 육군 제3사관학교가 있어서 군인 아저씨들이 주고 간 책들인데, 그것도 죄다 읽었으니까요.

책은 제게 고통을 잊게 해준 약이었고,
좋은 의사였고, 친구였어요.

제가 영천에서 학교를 다니다가 잠깐 대구에 가 있었던 거잖아요. 낯선 아이가 다리에 온통 깁스를 하고 있으니까, 다른 아이들이 저를 보면 놀렸어요.

"흰색 다리 귀신."

저는 다리에 깁스를 하고 꼼짝달싹할 수 없다는 것보다 다른 아이들은 다 멀쩡한데 저 혼자만 이런 일을 겪는 것 같아 그게 힘들었어요. 제가 그런 생각을 하면, 책 속의 문장들이 조용히 다가와 저를 위로해줬죠. 예를 들어 이순신 장군이 말에서 떨어져 다리가 부러졌을 때 스스로 나무를 꺾어 부목을 대고 무과 시험을 치른 대목에서 마음이 놓이더라고요.

'버드나무로 부목을 대도 나았는데, 나는 의사가 깁스를 해줬으니까 그래도 내 형편이 낫네.'

이런 생각이 들더라고요. 이순신 장군과 동일시하면서 영웅심을 가졌다기보다 '다리가 부러져도 결국은 다 나았네? 그럼 나도 회복할 수 있을 거야' 하고 스스로를 위로한 거죠.

책을 읽다보니 다른 누군가도 나와 같은 아픔을 겪었다는 걸 알게 되고 '이 사람도 나처럼 힘들었겠구나!' 이런 생각에 공감대도 생겼어요. 그게 곧 치유의 힘이 되었죠.

지금도 불철주야까지는 아니지만 책과 신문을 열심히 읽어요. 예전부터 신문에 밑줄 쫙 쳐가며 공부하듯 읽고 나름 메모까지 덧붙여서 정리한 노트가 여덟 권쯤 됩니다.

저는 책을 읽고 사람들에게 제 방식으로 이야기하고 웃게 만드는 걸 좋아합니다. 학교 다닐 땐 국어와 역사를 좋아했는데, 특히 이야기 부분을 재미있게 읽고 잘했던 것 같아요.

만약 옛날에 태어났으면 남사당패 같은 재주 많은 광대 쪽은 아니었을 것 같고, 조선시대에 한글로 된 소설책 들고 다니면서 양갓집 규수한테 재미있는 얘기를 해주고 돈 받아서 주막에 가서 술 먹는 그런 직업.

딱! 그거 아니었을까 싶어요.

이불킥!

가끔 그럴 때 있으시죠?

일찍 일어나야지, 해놓고 늦잠 잘 때.

'아, 이 인간 진짜 왜 이러나' 하면서 싫어하는,

그런 나에 대한 소소한 미움부터

큰일에 용기를 잘 내지 못하는 나,

사람들과 관계를 잘 맺지 못하는 나를 질책하고.

나는 왜 다른 사람처럼 밝고 쾌활하지 못할까.

나는 왜 다른 사람들처럼 과감하지 못할까.

나 자신을 향해서 눈 흘기거나

야단치거나 미워하고 업신여기고,

하찮은 사람 취급하는 경우가 많은 것 같아요.

그런데 오늘 보니까 보름달이 떴어요. 정월 대보름입니다.

달이 보름달이 되기까지는

초승달일 때도 있고, 반달일 때도 있고

그렇게 차가는 과정이 있잖아요.

그런 과정을 무시하고 보름달이 될 수는 없겠죠.

인정하고 싶지 않은 내 모습도 어쨌든 내 모습 중 하나잖아요.

'남에게는 봄바람처럼 대하고

자신에게는 가을 서리처럼 대하라.'

이런 말이 있죠.

그 말도 좋은 말이긴 하지만,

'남에게도 봄바람처럼 대하고

나에게도 봄바람처럼 온화하게 대하자.

내 안에 있는 못난 모습들, 나만큼은 따뜻하게 바라봐주자.'

이게 제 목표입니다.

여러분에게도 그런 목표가 하나씩 있었으면 좋겠습니다.

오늘도 일찍 자야지, 해놓고 새벽입니다.
용서해주려고 합니다.
이유가 있겠죠, 뭐.

늦잠뿐인가요? 나만 아는 나의 실수로 부끄러울 때도 많죠. 예를 들어 술을 많이 마시면 그다음 날 기억이 잘 안 나거나, 가끔 술 마시고 저지른 실수가 뒤늦게 생각나서 혼자 이불을 발로 차고 몸부림치던 기억이 저는 있습니다.

꼭 술 때문이 아니더라도 살다보면 문득 나만 아는 나의 실수, 나만 아는 비참함, 견딜 수 없는 모멸감, 수치심, 이런 감정 느낄 때마다 저는 이불을 발로 차거나, 용기가 없어서 머리를 벽에 부딪치지는 못하고 침대에 머리를 처박기도 합니다.

가끔은 이렇게 생각합니다.

'내 친구 중에, 아니면 이 세상 어딘가에 마흔 살이 넘은 김제동이라는 사람이 이런 실수를 했는데 알고 보니 속속들이 이런 사정들이 있었더라.'

그러면 완벽히 용서하지는 못해도 이해가 될 때는 많아요.

'그래, 내가 그래서 그랬구나, 그랬었구나!'

제가 제 이름을 부르면서 타일러보기도 하고, 몇 발짝 떨어져서 나 자신을 바라본다고 상상해보면 울컥하는 감정이 느껴질 때가 있습니다. 지나친 동정이나 자기애가 아니라 그냥 한 인간으로서 이렇게 저 자신을 조금 떨어져서 바라볼 때 느껴지는 묘한 감정이 있습니다.

여러분도 가끔 그러는지 모르겠는데요. 저는 앞으로도 가끔 실수를 저지르고, 가끔 수치스러운 일도 하면서 살겠지만 될 수 있으면 저를 그렇게 한 발짝 떨어져서 바라보고 용서해주는 일도 자주 하려고 합니다. 실수를 하지 않고 살 수는 없을 테니까요.

제가 그렇게 이불을 발로 차면서 괴로워할 때마다 전화하는 아주 친한 형이 있습니다. 그 형이 그런 얘기를 하거든요.

"야, 사람 다 실수하면서 사는 거야.
그렇게 부끄러운 일 누구나 다 한 번씩은 있어."

그 말이 제게는 큰 위로가 되었습니다. 여러분께도 이런 말씀 드리고 싶습니다. 거의 대부분, 아니 어쩌면 모두가 그렇게 실수하면서 살아가는 것 같습니다.

뭐, 괜찮을 겁니다. 발로 이불 한 번 걷어차고 어깨 한 번 툭 쳐주시면 좋겠습니다. 사실은 제가 지금 그러고 있는 중입니다. 이불 조금만 더 발로 차야겠습니다.

"당신은 늘 옳다!"
이 말 믿으셔도 좋아요

문득 마음이 허전해질 때나 두려워질 때 매미 소리가 들려서 편안해져요.
그래, 저렇게 목 놓아 울어버려도 세상 살 수 있구나! 비난받는 게 아니라
공감받을 수 있구나! 있는 그대로 살아도 되는구나!

- 2013. 7. 30. 트위터

마음껏 울어도 된다는 거, 그래도 괜찮다는 거. 정혜신 박사님을 통해서
처음으로 알게 되었어요. 제가 물었어요.
"왜 이렇게 가끔씩 불안하고 우울할까요?"
그때 정혜신 박사님이 그러시더라고요.
"그렇다 하더라도 그런 건 벼락처럼 끝나요."
그 말이 참 위로가 됐어요.

처음 제가 정혜신 박사님을 찾아가게 된 건, 그 무렵 전국을 떠들썩하게 했던 MBC「나는 가수다」'재도전 사건' 때문이었어요. 당시 제작진이 탈락한 김건모씨를 재도전시켜야 할 거 같은데, 그 이야기를 제가 해줬으면 좋겠다고 했거든요.

물론 지금은 웃으면서 제작진과 그때 얘기를 할 수 있지만, 당시엔 정말 힘들었어요. 전후 사정을 얘기하면 프로그램 전체에 타격을 줄 수 있으니까 얘기를 할 수도 없고, 안 하자니 억울해서 술을 엄청 많이 마셨어요.

그때 제가 온갖 욕을 다 먹었거든요. 한 보름간 그걸로 정치 뉴스를 잠재울 정도였으니까요. 그 일 때문에 제가 너무 괴로워하니까 한 교수님이 어디 가서 속시원히 이야기라도 하라고, 정혜신 박사님을 추천해주셨던 거죠.

한동안 심리 상담을 받고 나서 정혜신 박사님께 얘기했어요.

"저도 많은 도움을 받았으니 상담 공부를 해서 누군가에게 도움을 주고 싶어요."

"아, 제동씨가 하면 잘할 것 같네요."

그러면서 정혜신 박사님이 저에게 '상처받은 치유자'라는 말을 했어요. 이 정도로 아팠으면 누구를 만나든

상담할 수 있을 거라고요.

"제동씨가 무료 강연을 많이 하니까 상담 공부를 해보고 싶다면 나도 무료로 해주고 싶네요."

이렇게 제안해주셔서 본격적으로 상담 공부를 시작하게 된 거예요. 정신과 의사들이 받는 정신분석 과정에 버금가는 공부를 2년 정도 했어요. 제가 전 세계 최초로 정신분석을 재능기부로 받은 사람입니다. 그렇게 3년 정도 공부를 하게 됐어요.

상담을 받으면서 정혜신 박사님에게 꾸준히 많은 얘기를 했어요. 오래전에 엄마가 나를 대했던 모습, 나를 버렸다고 느낀 사람들에 대한 감정, 이용당했다는 피해의식까지도. 정신과 상담은 제가 무슨 말을 해도 다 들어주고, 그럴 수 있겠다, 그런 마음이 들겠다고 이해해주는 엄마성性을 만나는 기회였어요. 스스로에게 가졌던 부정적인 생각과 피해의식을 어느 정도 떨쳐내고, 제 감정을 모두 인정받는 시간이었습니다.

이제는 모든 감정이 옳다고 생각합니다. 이유가 있으니까 그런 감정이 올라온 거 아닐까요? 슬픈 건 나쁜 감정이 아니고 이유가 있으니까 슬픈 거겠죠. 그러니 그 슬픈 감정을 존중해줘야죠.

제가 상담을 배우면서 깨달은 핵심을 요약하면 이렇습니다.

'나를 좀 잘 봐주자.'
'나 자신과 너무 드잡이하지 말자.'
'나를 너무 모질게 대하지 말자.'

부모님과 사이가 안 좋으면 잠시 집을 나가면 되고, 직장생활이 너무 힘들면 그만두면 되지만, 내가 나 자신과 사이가 안 좋으면 사실은 도망갈데가 없어요. 꼴 보기 싫은 사람과 하루 종일 같이 있어야 하는 거잖아요.

외롭지 않고 아프지 않은 사람은 아무도 없습니다. 종종 몸살감기에 걸리는 것처럼 마음도 아플 때가 있어요. 그럴 때 도움받으라고 정신과 의사들이 있는 거잖아요.

한번은 취업을 앞둔 한 청년이 정신적으로 힘들다기에 정신과에가서 상담을 받아보라고 했습니다. 그랬더니 이렇게 말해요.

"정신과 상담을 받으면 기록에 남아서 취업에 영향을 미치니까안 돼요."

이건 마치 감기에 걸려서 약을 처방받았는데, 기록에 남아서 취업에 영향을 주는 것과 마찬가지잖아요. 이제라도 정신과 상담을받았다고 해서 불이익을 주는 관행은 바꿔야 하지 않을까요?

또 하나의 방법이 있어요. 우리가 모두 다 정신과에 가는 거죠.그러면 그게 특별한 일이 아닌 거잖아요.

우리는 보통 정신과에 가서 상담받는 것에 부담을 느끼는데, 가면 별것 없어요. 대화하듯이 물어보는 거예요. "어땠어요?"라는 의사의 한마디에 안정감을 느낄 수 있습니다.

실제로 어떤 분의 이야기인데, 아이를 가졌다가 유산이 됐어요. 그러자 주위에서 다 똑같은 얘기를 하더래요.

"너한테 없었던 아이였나보다. 잊어버려라. 이제 너도 새 출발 해야 하지 않겠냐."

그런데 너무 답답하고 자꾸 멍해져서 버스를 타고 가다가 우연히 눈에 띄는 정신과에 들어갔대요. 너무 괴로워서요. 사람이 너무 괴롭고 힘들면 그렇게 스스로 행동을 취하게 되거든요.

정신과 의사가 이렇게 물었다고 해요.

"그 아이 태명이 뭐였습니까?"

그 순간 눈물이 터져나오면서 속마음을 꺼내놓을 수 있었다고 해요. 그전에도 사람들에게 많은 위로를 받았지만, 나에게 분명히 있었던 아이를 자꾸만 없었던 걸로 생각하라고 하니까 속마음을 털어놓을 수가 없었던 거죠. 그런데 정신과 의사가 아이의 존재를 물어봐주니까, 그 마음이 어땠을까요?

상담을 받는 것은 자신이 약하다는 걸
드러내는 용기가 아닐까 싶어요.

그리고 행복해지겠다는 다짐이자 의지죠.

저는 지금도 상담을 받으러 간 제 자신이 무척 자랑스럽습니다.

또 몇 년간 상담을 통해 배운 경험들이 여러 가지로 도움이 됐어요. 서울시 힐링 프로젝트 '누구에게나 엄마가 필요하다'에서 청소년 상담도 하게 됐으니까요. 그때 했던 상담 공부가 사람에 대한 이해나 이야기를 듣는 태도에 큰 도움이 됐어요. 제가 지금 진행하고 있는 토크콘서트나 톡투유에도 굉장히 많은 도움을 주고 있고요. 결국 사람의 이야기를 듣는 거니까요.

그런 의미에서 3년간 정신분석 공부를 한 전문가의 말이니 한마디는 꼭 드리고 싶어요.

"당신은 늘 옳다!"

누구도 당신만큼 당신 인생을 고민하지 않았고,

누구도 당신만큼 당신을 잘 알지 못해요.

그러니 "당신은 늘 옳다!" 이 한마디, 믿으셔도 좋아요.

내 안의 게스트하우스

외롭고 슬프면 울 수 있고, 욕도 할 수 있고, 미치도록 두렵다고 소리도 칠 수 있어야죠. 그래도 괜찮은 거죠? 저 좀 지쳤나봐요. 전 캔디가 아닌가 봐요. 다행이네요. 휴~

- 2011. 11. 12. 트위터

제가 읽은 책에서 어떤 수녀님이 이런 말씀을 하셨어요.

"어떤 감정이 찾아오든지 당신 안의 게스트하우스에서 잘 재우고,

'나 갑니다' 할 때까지 잘 쉬게 해줘라.

오면 맞이해주고 가면 잡지 마라.

그런데 그 감정을 거부하거나 문 앞에 세워놓고 싸우면

그 아이가 잘 안 가니 어떤 감정이든 잘 재워줘라."

내 마음 안에 게스트하우스가 하나 있는데, 아침에는 행복이 와서 놀다 가고 저녁에는 우울함이 와서 놀다 간다고 생각하면 맞을 것 같아요.

우울하거나 충동적인 감정이 들어오더라도 영원히 사는 게 아니라 머물다 가는 것이니까, 머물 수 있을 때까지 머물다 가도록 하면 되지 않을까요?

"나 같아도 그런 마음이 들겠다"

승엽이가 역전 이루타를 쳤습니다, 전 이걸로 됐습니다. 혁명. 거창한 것이
아니라 사랑하는 사람의 행복을 지켜보는 거라는 생각이 듭니다.

- 2011. 8. 2. 트위터

좌절과 고난의 시간을 버틸 수 있는 원동력은 뭘까요? 이거 사
실 힘들죠. 저는 국진이 형과 재석이 형에게 많은 도움을 받습니
다. 재석이 형이 제게 자주 해주는 얘기가 있어요.

"나 같아도 그런 마음이 들겠다."
위인전 같은 얘기라서 하기 싫었지만, 어떤 충고나 조언보다 훨씬 더 깊
이 자신을 성찰할 수 있는 계기를 만들어주는 게 바로 공감이라고 생각합

니다. 무조건적으로 나를 인정해주는 사람을 필요로 하는 것은 인간 감정의 가장 근원적인 욕구가 아닐까 싶어요.

슬럼프를 극복하는 가장 좋은 방법은 나를 몰아붙이면서 "빨리 벗어나라" "탈출하라" 하는 게 아니라 나를 조금 더 충분히 쉬게 해주는 거죠. 그러다보면 때때로 불안감이 생길 수 있습니다.

'이러다 영원히 쉬게 되는 건 아닌가.'

그런 불안감을 달래줄 수 있는 친구 한 명만 있으면 사람은 살 수 있다고 생각합니다.

제가 힘들 때 속내를 털어놓을 수 있는 사람이 국진이 형인데, 저희가 나누는 대화는 거의 이런 식이에요.

"형, 제가 요즘 잘 살고 있는 걸까요?"

"네가 볼 때는 내가 어떻게 살고 있는 것 같냐?"

"형은 진짜 잘 사는 거죠."

"그게 내가 너에게 해주고 싶은 말이야."

별로 주고받은 얘기도 없는데 그렇게 마음이 편해질 수가 없어요.

"형, 이거 어떻게 생각해요?"

"넌 어떻게 생각하는데?"

"전 이렇게 생각해요."

"그게 맞아."

"그런데 형, 이렇게 하면 이런 문제가 생기지 않을까요?"

"그건 그때 가서 생각하면 되지."

"그래도 이런 문제가 생기면 좀 그럴 것 같은데."

"그럼, 하지 마."

재석이 형이나 국진이 형은 제게 충고 한마디 하지 않지만, 형들과 이야기하다보면 어느새 마음이 편안해집니다. 마치 이렇게 말해주는 것 같아요.

"너 그대로 충분히 괜찮아."

형들의 말에, 그전까지 크게 느껴졌던 문제들이 어느새 별것도 아닌 일이 되어버립니다. 제가 힘들었던 고비마다 형들이 있어서 잘 넘어왔다는 생각도 듭니다. 제게 없었던 아빠처럼, 친형처럼 이야기를 들어준 사람들이 있어서요.

혹시 지금 옆에 누군가 고민하고 있는 사람이 있다면, 이렇게 물어봐주면 어떨까요.

"괜찮니?"

그리고 얘기해주세요.

"나 같아도 그런 마음이 들겠다."

"네 말이 맞아."

제겐 도움이 된 말들이었는데, 여러분에게도 도움이 되면 좋겠네요.

"저를 위해 기도해주십시오"

신은 천국에 계시지 않고 아마 지금 우리 곁에 계실 거란 생각이 문득 들어요. 천국에 있는 완벽한 사람들보다 좀 덜떨어지고 부족해도 힘들게 사는 우리 옆에 훨씬 더 계시고 싶어할 것 같아요. 그냥 그럴 것 같아요.

- 2012. 11. 14. 트위터

2014년 8월에 프란치스코 교황께서 우리나라를 방문했습니다. 교황께서 한국에 오신다고 해서 그분의 글들을 여러 번 찾아 읽었는데요. 저는 그중에서 "저를 위해 기도해주십시오"라는 이야기가 가장 마음에 와 닿았습니다.

'교황' 하면 왠지 되게 위대하고, 아무에게도 부탁할 것이 없고, 스스로 모든 것을 다 할 수 있는 전지전능한 존재이거나 평범한 우리와는 완전히 다른 존재일 거라고 생각했거든요.

그런데 교황께서 "저를 위해 기도해주십시오" 하고 말씀하시는 것을 들었을 때 '아, 이분도 그냥 우리처럼 가끔씩 약해지는 사람이구나!' 하고 깨달았어요.

그래서 그분이 더 위대하게 보였습니다. 또 자신의 약한 부분을 드러내고 누군가에게 도움을 청하고 자신을 위해 기도해달라고 이야기할 수 있는 분이면 정말 강하고 훌륭한 분이 아닐까 생각했습니다.

여러분도 가끔 그러실 때 있으시죠? 저도 그렇습니다. 내 약한 부분을 드러내거나 나의 못난 부분을 드러내면 누군가가 나를 비난하고 떠날 것 같은 느낌이 들 때가 있는데요, 교황님의 말씀을 듣고서 '그런 게 아니구나!' 그런 생각을 했습니다.

누군가에게 나도 힘들고 약하다는 걸 드러내는 것은 부끄러운 일이 아니라 누군가에게 나를 도울 수 있는 기회를 주는 것이고, 또 이런 말을 할 용기를 못 내고 혼자 끙끙 앓는 누군가에게 얘기할 수 있는 용기를 주는 일일 수 있겠다는 생각을 해보았습니다.

이번주는 조금 징징대면서 보냈으면 좋겠습니다. 누군가에게 도움을 받든, 도움을 받지 못하든 주변의 누군가에게 나를 위해 기도해달라, 내가 이런 부분이 힘들다, 내가 이런 부분은 특히 약하다고 한번 나를 드러내보세요. 그리고 나의 약한 부분을 이야기해보세요.

그렇게 해서 그 사람에게 '아, 저 사람을 위해서 내가 무엇인가 해줄 수 있는 것이 있겠다'는 마음을 낼 수 있게 해보세요.

그에게 위안을 주고, 나도 조금 홀가분해질 수 있는 용기를 내보는 그런 날들이 되었으면 좋겠습니다. 저부터 해볼게요.

"여러분, 저를 위해 기도해주십시오."

교회든, 절이든, 길에서든, 점집에서든, 누구에게든 좋습니다. 저도 여러분을 위해서 이번주 기도하겠습니다.

광화문에서 아직도 누군가를 기다리고 있는, 무엇인가를 기다리고 있는 그들을 위해서도 기도해주십시오.

약한 사람들끼리 서로 기댈 수 있는 그런 날들이 되었으면 좋겠습니다.

모두 쓸모가 있다

노란 꽃도 피고 하얀 꽃도 피고 산속의 꽃들도 사람들이 지어준 이름을 거부한 채 당당히 그들의 이유로 피었을 겁니다. 자, 이제 우리도 한번 피어볼까요? 당당하게 우리의 이유로 함께 피어봅시다.

- 2011. 4. 15. 트위터

'내가 쓸모가 있나?'
'과연 나는 능력이라는 것이 있기는 한가?'
거기서 더 나아가 '나 같은 인간도 어디 쓸모가 있을까?'
그런 생각이 들 때가 있습니다.
저는 그렇거든요.

제가 요즘 숲해설에 대한 공부를 하고 있습니다.

많이는 못했고 책을 조금 읽었는데요,

어치라는 새는 나무 열매를 주로 먹는데

먹고 남은 열매를 묻어놓는다고 해요.

어치가 말 그대로 새대가립니다.

열매를 어디에 묻어놨는지 자꾸 잊어버려요.

그런데 어치가 묻어놓고 잊어버린 그 열매가

땅속에 뿌리를 내리고 튼튼한 나무로 자란대요.

그냥 땅에 떨어진 열매들은 휩쓸려내려가거나

다른 동물의 먹이가 되는 경우가 많은데,

어치가 묻어놓은 것,

다시 말하면 어치가 새대가리여서

묻어놓고도 잊어버린 열매에서는

튼튼한 나무가 자란답니다.

그걸 읽고 그런 생각을 했습니다.

'어치가 새대가리인 것도 세상에 도움이 되는구나!'

세상 모든 것에는 다 이유가 있다고 믿습니다.

내가 가지고 있는 것에 의심이 들 때

지금은 비록 사람들이 비웃는 새대가리 같고,

다른 사람들의 기준으로 보면

쓸모없다고 느껴질 수 있지만

언젠가는 그렇지 않다는 것을 증명할 날이 올 거예요.

이렇게 말하면서도 저 역시 100퍼센트 확신은 없어요.

하지만 어치처럼 우리 자신도 모르게

세상에 쓸모 있는 일을 하고 있고,

우리 스스로를 위해서도

쓸모 있는 일을 하고 있다고 생각합니다.

오늘도 자기가 세상에 필요한 존재인지

고민하고 있는 사람들에게 이 얘기 꼭 들려주고 싶었습니다.

저에게 하는 얘기이기도 하고,

우리에게 하는 얘기이기도 합니다.

세상의 모든 어치들, 우리 힘냅시다.

2부

우리가
보이기는
합니까?

우리 동네 이장님

거창한 구호들이 무슨 얘기를 하는지 들어보면 사람들이 알콩달콩 연애하고 사랑하고 행복하게 살자는 것 아닙니까? 사람을, 생명을 넘어서는 가치 있습니까? 없지요. 우리 스스로가 바로 최상의 가치라고 생각합니다. 그러니 늘 기죽지 말고 힘차게.

– 2012. 5. 25. 트위터

여러분은 세상에서 가장 훌륭한 사회자가 누구라고 생각하십니까? 손석희, 유재석 등 여러 명을 꼽을 수 있겠죠. 그분들, 물론 최고죠.

그런데 제가 만난 최초의 명사회자는 어릴 적 살았던 저희 동네 이장님이라고 생각합니다. 매일 아침 가장 먼저 일어나 마이크를 켜고 고독하게 아침 생방송을 진행하셨죠. 아직 캄캄하고 어두울 때 단독 사회를 보는 분입니다. 그렇게 홀로 새벽을 깨우고 이야기합니다. 그때 이장님이 본인의 얘기를 하는 게 아니거든요.

"오늘 누구네 일손이 달리고,
누구네 소가 새끼를 낳았습니다."

이렇게 동네 사람들의 얘기를 꺼내는 거죠. 저는 그게 진짜 사회자의 역할이라고 생각합니다.

한 마을 이장님이 이런 방송을 하셨다고 합니다.

"주민 여러분, 마을에 돌쇠가 죽었습니다. 돌쇠가 어떤 아이입니까? 밭 갈고, 논 갈고, 그렇게 온몸을 다 바쳐 우리를 위해서 사투를 벌였고, 영희를 대학에 보내고, 철수를 장가보냈던 그 돌쇠가 죽었습니다. 주민 여러분, 빨리 와서 먹읍시다."

돌쇠가 소였다고 합니다. 한 마리 소의 죽음도 정직하게 알릴 줄 알았던, 무엇보다 동네 사람들 모두가 알아들을 수 있는 언어로 이야기하던 그 시대의 참언론인이었습니다.

저는 지금이야말로 사람들이 쉽게 알아들을 수 있는 언어로 우리의 이야기를 해야 할 때라고 생각합니다. 힘있는 사람들의 이야기가 아니라요.

거대한 문제일수록 우리 생활 속에서 그 해답을 찾아가야 한다고 생각해요. 사람 사는 일 속에서.

    사람들이 쉽게 알아들을 수 없는 언어로 말하거나, 사건을 정직하게 알리지 않거나, 정보 공유를 제대로 하지 않으면 마을에 유언비어가 돌게 돼요. 예를 들어 지난번 우리나라에 메르스가 발생했을 때 정부의 대응은 어땠습니까?

    첫번째 조치가 낙타를 격리하는 거였어요. 낙타한테 미안해죽겠어요. 심지어 그 낙타는 중동에서 온 것도 아닌데 영문도 모르고 끌려 들어갔어요. 낙타한테 마스크라도 씌울 판이에요. 낙타와의 접촉을 피하라는데 본 적이 있어야 피할 거 아닙니까. 말이 안 되잖아요.

    유언비어를 형성하는 가장 중요한 요소는 불확실성이거든요. 불확실하니까 사람들이 전부 다 불안에 떠는 거잖아요. 사랑하는 사람끼리는 비밀이 없어야 해요. 확실하게 정보를 공유하면 정부와 국민은 서로 사랑하는 사람이 됩니다.

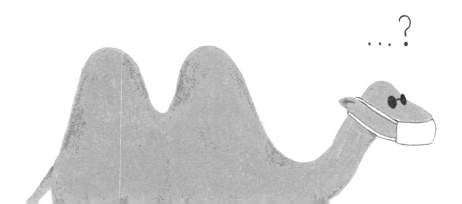

그런데 비밀을 너무 많이 만드니까 국민들은 계속 불안하고, 그러다보면 유언비어가 돌고, 그러다보니 또다시 유언비어 유포하는 사람을 잡아넣겠다고 하잖아요. 그래서 누가 잡혀들어갔나요? 낙타가 잡혀들어갔어요. 도대체 낙타가 무슨 죄예요?

정부의 존재 이유, 다른 거 없습니다. 국민들이 불안해하면 알아들을 수 있는 언어로 "아이, 그런 거 아니다. 걱정하지 마라." 또는 "그런 거 맞는데 지나치게 걱정하지 마라. 책임은 정부가 진다." 이렇게 구체적으로 알려주어야죠.

그래야 국민들이 불안해하지 않잖아요. 쫌!!

. . .

정치가 코미디를 그만해야지

"강자를 조롱하는 것은 풍자이고 약자를 조롱하는 것은 폭력입니다." 조선시대 탈춤을 추며 한줌도 안 되는 지식과 힘을 가지고 거들먹대던 양반들을 웃음으로 조용히 박살 냈던 광대의 말입니다. 광대의 후예로서 참 와닿는 말입니다.

- 2013. 9. 17. 트위터

물난리를 겪은 마을에 가서 사람들과 수해복구를 하고 있는데 한 기자가 제게 이런 말을 했습니다.

"왜 이렇게 자꾸 정치를 해요?"

"지금 곡괭이 들고 땅 팝니다. 이게 무슨 정치적인 행위인가요?"

"사람들이 모이면 그게 다 정치 행위죠. 정치할 거예요?"

그래서 제가 그랬습니다.

"정치가 코미디를 그만둬야죠.

그래야 코미디도 정치를 그만둘 수 있어요."

제 직업이 지금 위협을 받고 있는데 말이에요.

지금 정치인들보다 더 웃긴 사람들 봤습니까? 없지요.

한 정치인이 보온병을 들고 포탄이라고 하지 않았습니까?

제가 그 장면을 보며 생각했습니다.

'코미디언으로서 내 인생은 끝났다.

저것보다 더한 코미디는 없다.'

전쟁 발발시 국회의원직을 사퇴하고 전장에 뛰어들겠다는 정치인도 있었어요. 저도 예비군이었으면 나가려고 했어요. 그런데 저는 민방위라 랜턴 들고 후방에 있어야 해요. 소등할 때 창문에 담요 덮으면서요. 나가고 싶어도 못 나갑니다.

높은 사람들이 말로만 "이 땅을 지키겠습니다"라고 할 때 누가 고생합니까? 우리 청년들이 고생합니다. 군사적 긴장이 극도로 높아지면 여러분의 형제자매, 자식들이 전부 휴가를 못 나오고 군화신은 채 자면서 고생합니다.

국회의원의 진짜 의무는 이 땅에서 전쟁이 일어나지 않도록 평화를 관리하는 데 있습니다. 전쟁이 발발하지 않도록 하겠습니다,

하면서 국민을 안심시키는 것이 먼저 아닐까요?

그리고 저에게 자꾸 "정치하냐?" "정치적인 얘기 그만하라"는 사람들이 있는데요, 저는 사실 그분들이 가장 정치적이라고 생각합니다. 정치의 주체인 시민에게 정치 얘기를 하지 말라는 것은 자기들 마음대로 하겠다는 뜻이잖아요. 시민을 무시하는 거죠.

"학생은 공부만 해라, 방송인은 방송만 해라, 장사하는 사람은 장사만 해라. 정치 얘기하지 말고."

조선시대에도 이런 말은 없었거든요. 완고한 조선시대에도 탈을 쓰고 양반들을 풍자하는 것이 허용됐어요. 조선의 기본 골격을 세운 정도전은 "군주의 첫째 덕목은 언로의 개방"이라고 역설했습니다. 개혁정치를 시도했던 조광조도 "인자한 군주는 말길을 넓히는 데 힘써서 위로는 정승과 관리에서부터 아래로는 시정잡배에 이르기까지 모두 말할 수 있게 해야 한다"고 했습니다.

그렇다면 언제부터 정치를 얘기하는 게 금기시되었을까요? 제가 알기로는 일제강점기부터입니다.

"학생은 공부나 해라. 장사하는 사람들은 장사나 해라. 조선인은 일이나 해라. 정치는 일본이 알아서 하겠다."

군부독재 시절에는 이랬죠.

"너희는 너희 일이나 해라. 정치는 군인들이 하겠다."

정치에 관심을 갖기 시작하면 보이는 문제가 한둘이 아닌데 어떤 원칙이나 기준을 갖고 이야기하냐고 묻는 분들이 있습니다. 그럴 땐 이렇게 말해주고 싶어요.

"원칙이나 기준은 없지만 불합리하다고 생각되면 술자리에서 얘기하듯이 할 수 있는 거 아닐까요?"

우리는 정치든 뭐든 말할 수 있고 그걸 가지고 웃을 수 있는 자유가 있잖아요. 또 웃음은 기본적으로 평등을 지향합니다. 어떤 인간이 조금이라도 부당한 권위를 누리려고 하면 유머로 그것들을 강타하고, 웃으면서 속이 시원해지는 거죠. 따라서 풍자는 기본적으로 강자를 향해야 합니다. 그래야 진짜 웃음입니다.

약자를 조롱한다면 그건 폭력이니까요.

"이쪽 분들", 그 말 한마디 때문에

이것저것 아무것도 손에 잡히지가 않네요. 담배라도 잡아야겠어요. 욕은 하고 싶고 감당은 못할 것 같고. 내가 약간 싫으면서도 적당히 이해는 되고. 여러분도 그럴 때 있으시죠? 후후~

- 2013. 12. 10. 트위터

제가 레크리에이션 강사를 처음 시작할 때 홈페이지에 적어둔 문구가 있습니다.

'홍희인간弘喜人間'

'조국과 민족이 모두 웃을 때까지 널리 인간을 웃게 하자'는 뜻이죠. 지금까지도 제 삶의 모토예요. 제 얼굴을 무기로 삼든, 때로 관객 몇 명을 제물로 삼든, 숨기고 싶은 가족사를 드러내든, 어떻게든 사람들에게 즐거움을 주고 싶어요.

제가 추구하는 웃음은 소주 3잔 정도 먹었을 때 웃기는 유머예요. 거창한 웃음도 아니고 뭔가를 생각하게 하는 유머도 아니에요. 그냥 잔잔한 웃음을 주고 싶어요. 저처럼 혼자 사는 사람은 수돗물에도 손을 베인다고 하잖아요. 지치고 외로운 사람들에게 딱 그 정도의 웃음을 주고 싶어요.

그런 제가 MBC 「100분 토론」에 나가면서 '정치적 연예인'이라는 딱지가 붙기 시작했습니다. 저를 섭외한 사람이 손석희 앵커였어요. 직접 제게 전화를 해서 「100분 토론」 400회 특집에 나와달라는 거예요.

"토론을 가장 잘할 것 같은 연예인 1위에 김제동씨가 뽑혔는데요, 나와서 토론을 어떻게 하면 잘하는지 말해주면 됩니다. 부담 없이 나오시면 될 것 같아요."

생방송 하루 전날 대본이 왔어요. 주제가 뭔 줄 아세요?

'이명박 정부 1년에 대한 평가와 전망.'

제가 그걸 보고 '아, 이거는……' 싶었어요.

제가 얼마나 겁이 많은 사람인데요. 진짜 겁 많아요. 그래서 '출연은 하되 아무 말도 하지 말아야지'라는 생각으로 나갔어요. 그런데 나가보니까 제 자리가요. 맞은편에 나경원 의원, 전원책 변호사, 그리고 제 옆으로는 고故 신해철 형님, 유시민 전 장관, 진중권 교수가 있었어요.

그때 손석희 앵커가 말합니다.
"이쪽 분들을 소개하겠습니다."
아, '이쪽 분들'이라고 얘기하는 순간 결정된 거예요.
저는 한마디도 안 했는데 이미 좌파가 돼 있었던 거죠.

2008년의 가장 큰 이슈로 금융위기에 따른 경제 불황을 꼽은 뒤 질문을 하길래 대답했어요.

"아픈 곳을 찌르시네요. 자꾸 일이 몇 개씩 줄어들고 있습니다. 그런데 연예인들이 느끼는 정도는 나은 편에 속해요. 제가 힘들다고 이야기하는 것은 염치없는 일 같아요. 현재의 위기는 가장 하층부터 치고 온다고 보기 때문이에요. 그게 가장 큰 문제예요."

또 사이버 모욕죄에 대한 질문에는 이 한마디 했습니다.

"그 정도는 우리들 스스로 해결할 수 있다고 믿습니다. 인터넷에는 기술뿐만 아니라 우리 마음도 들어 있거든요."

그리고 교과서 수정 파동에 대해서는 이렇게 말했어요.

"그 시간에 가난한 아이들 조금 더 공부할 수 있도록 도울 방법을 고민해주세요."

이렇게 몇 마디 했을 뿐이에요.

그때 손석희 앵커가 특유의 어투로 이렇게 말했어요.

"또 어록이 탄생하네요."

하아, 전 손석희 앵커가 미웠습니다, 정말로. 으허헝

욕하고 싶을 때 많으시죠?

제 후배와 전화 통화를 했는데 거의 15분간 욕만 했어요. 여러분께 저의 이런 재능을 알리고 싶은데, 방법이 없네요.

- 2011. 10. 21. 트위터

살다보면 욕하고 싶을 때 참 많죠? 욕을 마음속에 쌓아두면 병 나요. 해야 합니다. 해야 해요. 욕이라는 게 알고 보면 다 틀린 말은 아니거든요. 뜻을 해석해보면 비유와 상징이 탁월한 것들도 있어요. 애들이 있어서 욕을 못하겠다는 분들이 있는데, 애들이 있어도 할 수 있어요.

"저런 신발끈, 저 십색 볼펜~"

이런 건 욕이 아니죠. 십색 볼펜 얼마나 아름다운데요. 아이들도 사용하는 거고, 무지개를 그릴 수도 있죠.

"이런 우리 조카 십팔색 크레파스."

사랑하는 조카와 함께 무지개를 그리고 싶다는 말이잖아요.

그것뿐입니까? 조상 대대로 지금까지 우리가 사용하는 욕 중에 얼마나 재미있는 욕이 많은데요.

"야, 이 썩을 놈아."

참 좋은 말입니다. 얼마나 친환경적이고, 녹색 성장적이고, 자연친화적입니까. "너도 결국은 썩는다" 하고 자연의 섭리를 알려주지 않습니까. 인생의 진리를 알려주는 거예요. "나도 썩고, 너도 썩어. 똑같아. 그러니까 싸우지 말자"는 겁니다. 사람은 죽으면 누구나 다 썩는데. 그게 뭐 욕입니까?

우리조카 십팔색 크레파스~

진짜 욕은 이런 겁니다.

"이 안 썩을 놈아. 이 PVC야. 이 비닐봉지야. 너는 끝까지 못 썩을걸."

이런 게 진짜 욕입니다. 얼마나 무섭습니까.

"야, 이 안 썩을 놈아, 플라스틱아, 죽어서 4대강을 떠돌아다닐 놈아. 넌 강으로 못 돌아가. 너가 강에 몹쓸 짓을 했기 때문에 강이 너를 받아주지 않을 거야."

이런 게 진짜 욕입니다.

섬뜩해할 한 사람이 그려집니다.

이런 욕도 있습니다.

"똥꼬에 바람을 불어넣어서 터뜨려버릴 놈."

얼마나 창의적이고 공기역학적이며 과학적인 욕입니까? 사람 똥꼬에 바람을 넣어 부풀면 터뜨리겠다는 발상. 얼마나 훌륭한 욕입니까?

이렇게 글자로만 배우면 안 웃길 수도 있지만 음성지원을 해서 들으면 참 재밌는 말이에요. 사실 욕은 그냥 나쁜 말이 아니라 사람과 사람 사이에 갈등을 풀어주는 나름의 순기능을 갖고 있는 거죠. 이런 욕은 하고 살아도 괜찮다고 생각해요.

MBC 시트콤「지붕 뚫고 하이킥」보셨습니까? 거기에 보면 그러죠.

"야, 이 빵꾸똥꾸야."

훌륭한 표현입니다.

그런데 방송통신심의위원회에서 극중 해리가 '빵꾸똥꾸'라는 용어를 반복적으로 사용하고, 주변사람에게 버릇없이 행동하며 반말하는 모습이 어린아이들에게 좋지 않은 영향을 끼칠 수 있다면서 '권고' 조치를 내렸습니다.

'빵꾸똥꾸'가 왜 문제 있는 단어입니까? 지극히 정상적인 단어입니다. 무슨 뜻입니까? '빵꾸똥꾸'는 '똥꼬에 빵꾸났다'는 뜻입니다. 남녀노소를 막론하고 옆에 있는 사람에게 한번 물어보세요.

빵꾸 안 나 있는 분 있으신지,
빵꾸 안 나는 게 큰일이죠.

욕을 제재하려면 제대로 알아야 합니다. 욕을 제대로 알지 못하면 제재할 자격도 없습니다. 문학 작품에 나오는 욕들 보세요. 박경리 선생님의 『토지』를 보면 기가 막힌 욕이 나옵니다.

어떤 어머니 두 분이 빨래터에서 싸우시다가 한 어머님이 격분한 나머지, 도저히 사람이 사람에게 해서는 안 되는 욕을 합니다. 제가 들어본 외모 비하 욕 중에서 전 세계 최고입니다. 아이들이 들어도 괜찮아요. 문학 작품에 나오는 표현이니까요. 막 싸우다가 이렇게 얘기합니다.

"야, 이 밤새도록 두들긴 꽹과리 같은 여자야."

섬뜩하지 않습니까? 꽹과리를 밤새도록 두드리면 어떻게 되는 줄 아시죠? 이렇게 친농경문화적인 욕을 봤습니까? 이 부분을 읽고 제가 떼굴떼굴 굴렀습니다.

이렇게 욕은 혁명적인 요소까지 가지고 있습니다. 예기치 않았던 곳에서, 즐거움을 주기도 하고, 세상을 완전히 다른 시선으로 보게 만드는 거죠. 비난이나 분노와는 다릅니다. 웃음으로 풀어내니까요.

(　　)은 반드시
현장에 다시 돌아온다

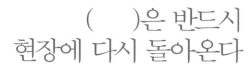

> 호랑이가 죽어서 가죽을 남기면 뭐합니까. 살아서 산천을 뛰어다녀야죠.
> 생존이 아닌 멋으로 생명의 가죽을 벗겨 자신의 가죽 위에 덧대는 사람들
> 에게 묻습니다. 좋으십니까? 한강에 오시려고 하니 설레십니까? 생명의 강
> 에 죽음으로 오시니 좋으십니까?

- 2011. 5. 25. 트위터

　몇 안 되는 공약을 지킨 대통령이 계시죠? 녹색성장을 하신다더
니 지금 강이 녹색이 되지 않았습니까?
　제가 그분의 취임식 사회자입니다. 대한민국 제17대
대통령이라는 수식어 뒤에 누구의 이름이 있더라도 저
는 갔을 겁니다. 제 마이크를 필요로 하는 곳이니까

요. 무엇보다 잘되기를 바라야죠. 대한민국 국민의 한 사람으로서, 성공적인 정권이 되기를 바라면서 취임식 사회를 봤습니다.

다만, 100년도 못 사는 유한한 인생을 가진 인간이 깊은 강바닥을 그렇게 파헤칠 자격이 있느냐 묻고 싶어요. 강이 뭡니까? 한자 '법法' 자가 삼수변으로 시작합니다. 물이 흘러가듯 그대로 두는 것이 법이고, 사람 사는 세상의 이치라는 뜻입니다.

강이 범람하고 홍수가 나서 하천 제방들을 정비하는 일이라면 치수治水라고 할 수 있습니다. 문제는 인간이 물을 다스리려고 한 거예요. 물과 더불어 협치를 해야 하는데요. 잘못한 거 맞아요. 수백만 년을 흘러온 강에게, "너 안 되겠다. 너는 직선으로 흘러야 되는데" "넌 여기서 막혀야 되겠는데" 한다면 강이 얼마나 답답하겠어요.

저는 지금 누구를 비난하려는 게 아니에요. 강의 편을 드는 것뿐이지.

중국 역사만 봐도 전국시대에 제왕들이 모여서 맹세를 합니다. "싸울 때 싸우더라도 황하의 물을 이용해서는 전쟁하지 말자."고 합니다. 왜냐하면 물은 만물을 이롭게 하니까요.

노자는 "상선약수上善若水"라고 했습니다. 즉 '세상에서 가장 크

따뜻하고만.

GREEN TEA LATTE

게 선한 것이 물이다. 장애물을 만나면 돌아가고, 웅덩이를 만나면 채우고, 반드시 차례를 기다렸다가 서로 다투지 아니하고 앞으로 나아간다. 그리고 모든 것을 받아들인다'는 뜻이지요.

우리말에서도 바다를 '바다'라고 하는 이유는 다 '받아들인다'는 의미라고 해요. 더러운 물, 깨끗한 물을 가리지 않고 다 받아들이니 마음이 참 넓죠. 이렇게 세상에서 가장 선한 것이 물입니다.

세상에서 가장 선한 것을 두고 "이건 문제가 있다"며 뜯어고치는 데 22조원을 쏟아부었습니다. 그것이 선인지 악인지는 여러분이 판단하시면 됩니다. 22조, 평생 걸려도 다 못 헤아릴 만큼 어마어마한 돈입니다. 그 돈이면 청년지원정책뿐만 아니라, 국공립유치원이며 어린이집을 못 만들 이유가 하나도 없습니다.

4대강 이야기를 꺼내면 사람들은 이렇게 얘기합니다.
"아니, 그런 정치적인 얘기를."
언제부터 한강, 금강, 영산강, 낙동강이 정치적인 단어가 되었나요?
이게 어떻게 정치적인 얘기예요? 그리고 정치적이면 안 됩니까?

어떤 분이 자전거로 강변을 돌면서 SNS에 사진과 글을 올리셨더라고요. 누군지 아시겠지요?
"북한강 자전거길에 나왔습니다. 탁 트인 한강을 끼고 달리니 정말 시원하고 좋습니다. 기차역 근처에서 자전거 렌트도 가능하네요. 여러분도 한번 나와보세요."

그 밑에 누가 댓글을 적었더라고요. 저, 그거 보고 한참을 웃었습니다.

'(   )은 반드시 현장에 다시 돌아온다!'

괄호 안은 여러분이 채워주세요. 만약 정답을 맞히셨다면 이 페이지를 찢어내서 태우시거나 삼키세요. 위험해요!

마을에 홀로 사는
남녀가 없게 하라

예수님, 한결같이 홀로 사시며 모두를 위한 삶을 사셨지요.

뒷부분만 닮게 해주세요.

– 2015. 12. 23. 트위터

　요즘 마을에 홀로 사는 남녀가 많죠? 이제는 결혼을 개인의 선택으로만 볼 게 아니라, 우리 사회가 결혼을 하기 어렵게 만드는 건 아닌지 살펴볼 필요가 있는 것 같아요. 결혼을 안 하고 혼자 살고 싶은 사람이라면 그 선택은 존중받아야 하죠. 문제는 결혼을 하고 싶은데 여건이 되지 않아 미루거나, 포기하는 사람이 생긴다면 사회구조를 살펴봐야죠. 정약용의 『목민심서』에 보면 목민관의 도리에 대해 이렇게 소개하더라고요. 대략 이런 맥락이에요.

"마을 관리의 가장 중요한 임무는 마을에 홀로 사는 남녀가 없게 하는 것이다. 혹시라도 홀로 사는 남녀가 있으면 적극적으로 그들에게 재정적 지원을 하고 그 둘이 함께 살 수 있도록 마을의 관리가 도와야 한다. 음양의 조화가 땅에서 이루어져 그 기운이 하늘까지 이르게 하는 것이 목민관의 도리다."

지금으로 말하면 대통령, 시장, 군수, 이장의 주된 임무가 젊은 사람들이 연애하게 돕고, 부부가 마음 편히 아이를 낳도록 사회적 장치를 마련해주고, 할아버지, 할머니는 손자, 손녀의 재롱을 보면서 행복할 수 있도록 하는 거죠. 가족, 그리고 아이의 탄생은 우리 사회가 건강하게 유지될 수 있는 중요한 원동력이니까요.

그런데 어때요? 요새 젊은이들이 편하게 만나 데이트할 수 있습니까? 요즘은 돈이 없으면 연애도 못하는 것 같아요. 연애를 하더라도 결혼하기는 더 힘들죠.

적어도 누군가를 사랑하는 게 부담스러운 일이 되는 사회는 아니어야 하잖아요.

일주일에 한 번쯤은 친구와 따뜻한 밥 한끼 나눌 수 있고, 일주일에 한 번쯤은 여자친구, 남자친구랑 데이트할 수 있고, 한 달에 한 번쯤은 공연도 관람할 수 있는 여건을 만들어줘야 하지 않을까요? 하고 싶은 일을 하면서 최소한의 인간적 품위를 유지할 수 있는, 그런 사회가 되어야 하지 않을까요?

제가 이런 이야기를 하면 그럽니다.

"젊은 애들 데이트 비용도 국가가 지원하라는 말이냐?"

데이트 비용을 국가에서 지원하라는 얘기가 아닙니다. 최소한의 삶의 조건이 갖춰져야 결혼도 하고 자식도 낳지 않겠어요?

동물도 자기들만의 공간이나 사적인 영역이 확보되지 않으면 출산을 멈추기도 하거든요. 하물며 우리 인간 사회에서 '아이를 낳으면 어떻게 키워야 하나' '회사를 그만둬야 하나' '어린이집, 유치원에 보낼 수 있으려나' 이런 걱정을 한다면 자식 낳을 엄두를 못 내는 것이 당연하죠. 이런 걱정이 없어야 연애도 하고 결혼도 할 수 있다는 겁니다.

'남녀가 만나야 한다'는 말에는 청년들이 행복하게 살 수 있는 나라, 그 청년들이 행복한 부모가 될 수 있는 나라, 나아가 그들의 부모도 행복한 나라, 이 세 가지 의미가 담겨 있습니다. 그런 나라가 되어야 동네에서 더 많은 아이를 보며 웃을 수 있을 거고요.

어떻게 좀 안 될까요?

권력자, 당신들 이름 뜻 아니?

'신은 장사다. 사람을 든다.' 한 어린이의 시예요. 누군가의 발을 따뜻하게 하고 험한 길 온 힘을 다해 지켜주는 신, 하늘 위에 계신 신만큼이나 위대하게 느껴집니다. 가장 낮은 곳의 신, 사람을 들어 올립니다. 우리 그런 사람이길!

- 2012. 1. 16. 트위터

제가 요즘 한자 공부를 좀 하고 있습니다. 학교 다닐 때는 그렇게 재미없던 한자 공부가 마흔이 넘으니까 왜 이렇게 재미있는지 모르겠어요. 친구가 그러더라고요.

"시험을 안 보니까 그렇지."

한자를 배우니까 재미있는 게 뭐냐 하면, 그 의미가 그림처럼 그려진다는 거예요. 사람 '인人'을 세우고 그 옆에 나무 '목木'을 놓으면 쉴 '휴休'가 됩니다. 사람이 나무 옆에 기대어 쉬는 거예요. 그리고 스스로 '자自' 밑에 마음 '심心'을 놓으면 쉴 '식息'이 됩니다. 그래서 휴식休息이라는 것이 사람이 나무에 기대서 고요히 자기 마음을 바라볼 수 있는 시간입니다. 한자가 참 예쁘죠?

**올 '래來'도 재미있어요. 나무밖에 없는 산에서
혼자 길을 잃고 서 있는데
저 멀리서 두 사람이 나를 구하러 오는 거예요.**

제가 올 '래'라는 한자를 보고 울 뻔했습니다. 나무 뒤로 사람 두 명이 저를 찾으려고 걸어오는 장면을 상상하니까 눈물이 나더라고요. 이상하죠, 저란 사람.

한자 공부한 티 조금만 더 내겠습니다. '권력'이라고 할 때 '권權'은 이렇다고 하더라고요. 나무 '목木' 옆에 있는 황새 '관雚', 커다란 두 눈이 특징인 올빼미나 부엉이를 뜻하는 '부엉이 환'이라고도 한대요. 부엉이는 어둠 속에서도 균형을 짝 잡고 날죠? 그래서 부엉이 환은 '균형 잡을 환'도 됩니다. 설은 여러 가지가 있지만, 이게 나무 '목'과 만나서 균형을 잡아주는 막대기, 즉 '저울추 권'이 되는 거예요. 그러니까 권력은 휘두르는 게 아니고 어두운 밤에도 억울한 사람이 없도록 균형을 잡아주는 힘을 뜻하는 거죠.

우리가 보통 특권을 잡는다, 특권을 휘두른다, 특권을 쥔다고 얘기를 하는데, 이 '특特'도 가만 보면 소 '우牛'에 오래 지키고 서 있을 '사寺'가 만난 거예요. 우두머리 소가 아니면 어미 소나 아비 소가 언덕 위에 지키고 서서 자기 무리를 살핀다는 뜻이죠. 기본적으로 이 소는 희생을 의미하기도 합니다.

그래서 우리가 보통 특별하다는 의미로 사용하는 '특'은 어느 누가 '위대하다'는 뜻이 아니라 뭇 사람들의 행복을 위해 자기를 희생한다는 의미가 더 강합니다. 그렇기 때문에 높은 자리와 여러 가지 혜택을 주는 거예요. 사람들을 보살피고 지켜보기 편하게 해주려고요. 낮은 곳에 있으면 늑대든 이리든 방어할 수가 없잖아요.

그래서 높은 곳에 올려놓은 것이지 자기가 잘나서,
특별해서 높은 자리를 주는 게 아닙니다.
(이상 모든 한자풀이는 제 주관이 포함되어 있어요.)

예를 들어 국회의원들이 일정 한도 내에서 철도와 항공기 비즈니스 좌석을 제공받고, 공항에서 전용통로를 이용해 출국 수속 시간을 단축할 수 있는 것도 단지 국회의원이라는 직함 때문에 주는 특권이 아니거든요. 우리를 대신해 공공의 일을 하니까 너 먼저 가라는 의미잖아요.

특권의 진정한 의미는 높은 곳에 저울추를 들고 어느 한 사람도

차별받거나 억울하게 피해보지 않도록 무리를 지켜준다는 뜻이에
요. 자기희생이 없으면 안 되는 거예요. 오히려 권한을 잡으면 골
치 아플 수 있는 일이죠. 자기희생이 없이는 안 되니까요. 그런데
우리 사회는 지금 완전히 반대로 가고 있어요.

실제로 얼마 전 한 국회의원이 경호원의 멱살을 잡았다가 자숙
하겠다고 꼬리를 내렸잖아요. 본인이 멱살을 잡아도 되는 특권이
있는 줄 알았나봐요. 공권력을 짓밟았다느니, 공무집행방해라느
니 이런 말까지 안 해도 경호원의 멱살을 잡으면 안 되거든요. 남
의 집 귀한 아들딸들인데. 더군다나 그분들이 얼마나 고생을 하는
데…….

대신 그분들이 어떻게 하면 자부심을 느끼면서 일할 수 있을지
생각해주시면 안 될까요?

멱살 잡을 시간에…….

"그게 다예요"

당신, 무슨 인연일까 생각해본 적이 있습니다. 열렬한 지지자도 아니었고 당신을 살갑게 만난 적도 없었습니다. 하지만 이렇게 늘 마음에 울컥하고 걸리는 걸 보면, 당신 좋아했었나봅니다. 저도 모르게. 잘 지내시죠? 담배는 있으실는지.

- 2012. 5. 22. 트위터

2003년 2월 KBS 「아침마당」에 출연한 적이 있어요.

「윤도현의 러브레터」로 이름이 막 알려질락 말락 할 때라 처음엔 출연을 거절했습니다. 나가도 별로 할 얘기가 없을 것 같고, 그때 사회를 보시던 이상벽 선생님이 좀 무서웠거든요. 워낙 대선배님이시니까. 엄마한테 지나가는 말로 "「아침마당」에서 출연 섭외가 왔는데 안 나가기로 했다"고 했어요. 그랬더니 엄마가 버럭 화를 내시는 거예요.

"니 같은 놈은 필요 없다.
벌써부터 니가 시건방져서
이상벽 선생님 명을 거역한단 말이가?"

엄마는 이상벽 선생님의 광팬입니다. 게다가 엄마의 머릿속에는 작가나 PD라는 존재가 없어요. 오로지 이상벽 선생님뿐이에요. 그분이 섭외까지 다 하시는 줄 압니다. 하도 서운해하시기에 작가에게 다시 전화를 걸어 나가겠다고 했습니다.

그다음 날 첫째 누나한테 전화가 왔어요.

"나도 니 학교 다닐 때 공장 다니면서 학비 댔다."

같이 나가자는 이야기입니다.

"알았다. 가자."

둘째 누나에게서도 전화가 왔어요.

"나도 고등학교 중퇴했다."

셋째 누나, 넷째 누나한테 똑같이 전화가 왔습니다.

"나도 공장 다녔다."

그런데 다섯째 누나는 고등학교를 졸업했으니까 조금 다른 방법으로 접근했겠지요?

"제일 닮은 사람이 나가야 재미있지 않겠나?"

그래서 누나 다섯이 다 나가기로 했습니다.

그다음 날 둘째 매형한테 전화가 왔습니다.

"피가 섞여야만 혈육이가?"

같이 나가자는 얘깁니다.

"알았다. 매형도 갑시다."

셋째, 넷째, 다섯째 매형도 똑같이 전화가 왔습니다. 그래서 가족 전체가 버스를 타고 서울로 올라왔어요. 저는 먼저 올라와 있었고요.

서울로 올라오는 길에 휴게소에 들렀는데 마침 그곳에 대한민국 최고위 공무원 한 분이 행차하셨어요. 그 사실을 알게 된 엄마가 그 많은 경호원들을 뚫고 나아가면서 이렇게 말했습니다.

"비키이소!"

제지하는 경호원들에게 그분이 말씀하셨답니다.

"괜찮습니다. 괜찮습니다."

엄마는 그분과 악수를 합니다. 그 사이 엄마는 많은 생각을 했겠지요.

'사람들이 아직 우리 아들 이름을 잘 모르는데 어떻게 이야기해야 하나?'

고민하다 꺼낸 첫마디가 이렇습니다.

"혹시 윤도현이라고 아십니까?"

"아, 윤도현씨 어머니 되십니까? 노래도 좋고, 훌륭한 아드님 두셔서 좋으시겠습니다."

그러자 엄마는 조금도 당황하지 않고 말씀하셨답니다.

"윤도현이 엄마는 아이고요, 윤도현이하고 친한 김제동이 엄마라고 하는데예."

누나들 표현에 의하면, 오히려 그분이 살짝 당황하셨다고 합니다.

"아, 그러십니까. 정말 죄송한데, 아드님 성함은 제가 잘 모르겠습니다."

엄마는 굴하지 않고 할말을 하셨답니다.

"우리 아들 덕분에 우리가 다 「아침마당」에 나갑니다. 내일 아침 생방송에."

그 얘기를 듣고 그분이 이렇게 말씀하셨답니다.

"아, 그렇습니까? 저희 집사람도 거기 출연한 적이 있습니다. 좋으시겠습니다. 자랑스러우시겠습니다."

"지 아버지 일찍 죽고 저게 인간 될까 싶었는데, 인간이 되어가 방송국에도 나가고, 제 심정을 이해하겠지요?"

"네, 알겠습니다."

그제야 엄마가 그분을 놔드리고 물러납니다. 그런데 몇 걸음 가다 말고 다시 급하게 그분에게 다가갑니다. 경호원들이 막아서자 그분이 차에 타시다 말고 엄마에게 다가와 이야기를 마저 들어주셨다고 합니다.

"한 가지 이자뿐 게 있습니다."

"뭘 잊어버리셨습니까?"

"우리 아들이 장차 큰 인물이 될 사람인데, 내일 「아침마당」 보겠다고 약속 좀 하이소. 손가락 걸고. 내일 꼭 보겠다고."

그분이 엄마와 손가락까지 걸고 꼭 보겠다는 약속을 하고 나서야 엄마는 다시 버스를 타고 서울로 올라오셨습니다.

시골에서 반평생을 무시당하고 천대받으며 살아온 늙은 과부의 이야기에 처음으로 귀 기울여준 공무원, 그분이 바로 노무현 전 대통령입니다. 당선인 시절에, 저희 엄마의 이야기를 끝까지 휴게소에서 손가락까지 걸면서 들어주셨습니다.

마흔에 청상과부가 되어 홀로 육남매를 키운 엄마의 한을 풀어주신 분입니다.

그분과 개인적인 인연은 크게 없었습니다. 예전에 사회 본다고 청와대에 들어가 만나 뵈었을 때 그러셨거든요.

"프로그램 잘 보고 있습니다."

그런데 그게 제가 하는 프로그램이 아니었어요. 다른 프로그램을 말씀하신 거예요. 제가 누군지 잘 모르셨다는 얘기죠. 그래도 제게는 엄마의 이야기를 끝까지 들어주신 분이기에 고마운 마음이 있었죠. 그래서 그분이 돌아가셨다고 했을 때 제가 갔습니다. 사회를 봐달라기에 봐드렸어요.

노제가 있기 전에, 당시 제 소속사로 장의위원회에서 몇 차례 연락이 왔나보더라고요. 처음에 저는 몰랐죠. 그때 MBC「환상의 짝꿍」이란 프로그램을 녹화하고 있었는데, 매니저가 계속 "죄송한데 갈 수 없다"고 거절하는 거예요. 제가 그 소리를 우연히 듣고, 매니저에게 물었어요.

"뭔데? 어디서 온 전환데 못 간다는 거야?"

"장의위원회인데 노제 사회를 봐줄 수 있냐고 해서요."

제가 그때 확인한 건 딱 한 가지였어요.

"유족이 원하는 거냐?"

다른 것은 다 필요 없고 유족의 뜻이 반영됐다면 가야 한다고 생각했어요. 왜냐하면 저는 마이크를 잡는 사회자예요. 돌아가신 분을 잘 보내드리는 게 예의라고 생각했어요. 노무현 전 대통령이 아니었더라도 똑같은 마음으로 갔을 거예요.

그런데 제가 노제 사회를 보겠다고 한 후 좌우 양쪽에서 욕을 많이 먹었어요. 한쪽에서는 "역시 좌빨이구나" 하는 반응이었고, 다른 한쪽에서는 "무게감이 없다. 무슨 대학 축제도 아니고 개그맨이 사회를 보냐?"며 반대가 많았어요.

노제 사회를 보기 직전, 저도 마음이 심란하더라고요. 잠시 산에 올라 이런저런 고민을 하다 문득 이런 생각이 들었습니다.

'내가 살아 있는 놈이라 간사해서 내 이미지, 내 앞길을 염려하는구나!'
돌아가신 분에 대한 예의와 비통함을 잊고 무례했던 것이죠. 그래서 그저 온 마음을 다해 보내드리자는 딱 한 가지 생각으로 노제 사회를 보았습니다.

웃을 때 함께 웃는 것도 중요하지만, 저는 우는 사람 옆에서 함께 울어주는 일이 더 중요하다고 생각해요. 마지막 가시는 길에 인사는 나누어야 진짜 인간답게 사는 거라고 생각했어요.

그랬습니다. 그게 다예요.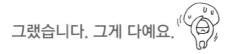

"VIP가 걱정이 많으시답니다"
"자기 걱정이나 하라 그러세요"

노무현 전 대통령 추도식에 제가 다시 간다고 하니 국정원 직원이 찾아왔어요. 술 한잔했습니다.

"노무현 대통령 추도식에 갑니까?"

"갑니다."

"웬만하면 다른 사람들이 가는 게 좋지 않겠어요? 이제 제동씨는 그만해도 되지 않아요? 방송도 해야 하고, 사람들에게 진짜 즐거움과 웃음을 드려야 하지 않겠어요?"

저, 사실 좀 많이 무서웠지만 이렇게 말했어요.

"충고는 고맙습니다. 방송을 그만할 생각은 없지만, 방송에 목

맬 생각도 없으니 걱정하지 마세요. 이런 얘기 하실 거면 저와 더 이상 만날 필요 없습니다. 저는 추도식에 갈 겁니다."

그분이 굉장히 정중하게 얘기했습니다.
"VIP께서 많이 걱정하십니다."
그 말이 사실인지 아닌지는 몰라요. 어쨌든 그렇게 말씀을 하시기에 제가 그랬어요.
"VIP께 말씀드리세요. 전 잘 사니까 걱정하지 마시라고요. VIP 임기는 5년이지만 유권자 임기는 죽을 때까지니까 당신 걱정이나 하시라고요."

그때 당시에 그분뿐만 아니라 주위의 많은 분들이 제게 "웬만하면 가지 마라"고 충고를 했어요. 그래도 저는 "난 가겠다. 거기 안 가면 내가 아니다" 했어요.

같은 얘기를 국정원 직원들이 한다고 해서 협박이나 강압이라고 생각하지 않았어요. 그분에게도 말했습니다.

"지금 당신들이 하는 말을 협박이라고 여기지 않겠다. 앞으로도 당신들에게 협박받았다고 생각하지 않겠다. 왜? 나는 갈 테니까. 내가 가는 순간 당신들이 한 것은 부탁이고, 나는 그 부탁을 들어주지 못한 것뿐이다. 내가 혹시라도 당신들 말을 듣고 추도식에 가지 않는다면, 당신들이 내게 한 얘기는 협박이 된다. 그건 당신들에게도 좋지 않다. 그러니 당신들을 위해서라도 내가 가는 것이 좋겠다. 어떻게 생각하시냐?"

 그날 제가 술을 많이 마셨습니다. 평소에는 그렇게 얘기 안 하는데, 그날은 기 안 죽으려고 "술값은 내가 내고 간다. 공무원들이 무슨 돈이 있겠냐? 국민 세금 함부로 쓰지 마라" 이렇게 말하면서 제 카드로 계산하고 나왔어요.

 집에 돌아와서 현관문을 여는데 혼자 생각해봐도 제가 너무 멋있는 거예요. 그런 느낌 아시죠?

 그런데 제 방에 들어서자마자 갑자기 다리에 힘이 쫙 풀리면서 온갖 생각이 다 들었어요.

 '내가 너무 심하게 얘기를 했나?'

 '다시 전화를 해서 안 간다고 할까?'

 끝까지 멋있어야 했는데…….

그랬다고요, 제가.

이제라도 빨리 주세요!

가끔 두려울 때 있으세요? 저는 그래요. 무언가 알 듯 모를 듯한 두려움이 찾아올 때가 있더라고요. 그런 분들에게 깊은 공감과 위로를 보냅니다.

- 2013. 1. 24. 트위터

2012년에 한 신문에서 청와대 민정수석실의 지시로 서울지방경찰청이 민간인 불법사찰을 진행했고, 사찰 대상자에 저도 포함되어 있었다는 기사를 대문짝만하게 보도했습니다.

그 뒤로 제 이름 앞에 '피사찰자' '사찰 대상자'라는 수식어가 붙어서 정말 어리둥절했어요. 국정원 직원들이 저를 찾아왔었다는 사실이 알려지면서 "김제동이 사찰을 당해?" 하며 많은 분들이 심각하게 바라봤죠.

신문기사가 나기 전, 제가 먼저 그런 얘기를 하진 않았거든요. 진행하던 프로그램에서 하차했을 때도 마찬가지예요. 기자들이 저에게 "진짜로 KBS「스타 골든벨」에서 하차당했냐?"고 물어보길래 그랬습니다.

"그건 그쪽에다가 물어봐야지, 왜 저한테 물어요? 적어도 저는 피해자라고 생각하지 않습니다. 전 괜찮거든요."

제가 프로그램에서 하차했다고 신문에도 나오고 방송에도 소개됐는데, 그걸 피해라고 할 순 없죠. 사람들이 관심을 가져주잖아요.

제가 아닌 다른 누군가는 "하루아침에 직장을 잃었다" "억울하게 피해를 당했다" 아무리 얘기해도 사람들이 안 들어주잖아요. 그러니 머리띠를 두르고 길거리로 나오는 거죠. 반대로 힘있고 말 들어주는 사람은 넥타이를 매고 나와요.

사실 제가 피해자라고 생각하지 않는 진짜 이유가 따로 있어요. 그 일 덕분에 토크콘서트를 시작하게 되었거든요. 누군가 저에게 토크콘서트 기획자가 누구냐고 물어보면 이렇게 대답합니다.

"이명박 정부요!"

사찰 대상자였고, 국정원에서 저를 찾아왔다고 신문에 보도되니, 제 주위 사람들도 저한테 왜 그런 얘기를 안 했냐고 물었어요. 그때 "쪼잔하게 뭐 그런 얘기를 하나"라고 대답했죠. 어디 끌려가서 고문을 당한 것도 아니잖아요.

개인적으로 어떤 거창한 이유가 있어서가 아니라 쪽팔리기 싫었던 것 같아요. 그래서 그걸 협박이나 회유라고까지는 받아들이고 싶지 않았어요. 그게 협박이었든, 회유였든 어쨌든 실패한 거잖아요. 왜냐하면 저는 갔으니까요.

진짜 탄압과 협박을 받은 분들에 대한 미안함 때문이기도 했어요. 저보다 훨씬 더 어려운 환경 속에서 이런 이야기를 할 수조차 없는 분들에게 더 관심이 집중되어야 맞죠. 어린아이가 이종격투기선수 표도르만한 사람을 툭 친다고 해서 폭력이라고 하진 않잖아요. 힘의 강도 문제니까요. 그런데 단련된 무술 유단자가 힘없는 약자를 고의적으로 때려놓고 "나는 장난이었다" 하면 안 되잖아요.

게다가 저는 보호받을 가능성이 높아요. 예를 들어 옛날처럼 불법으로 저를 잡아가서 며칠 동안 가두면 난리가 나겠죠. 주위에서 가만히 있겠습니까?

가만히 있을 수도 있겠네요. 앙대!

그런데 그럴 힘조차 없는 분들이 "국정원 직원인데 웬만하면 이런 일 하지 마십시오" 이런 얘기를 듣는다면, 그건 진짜 탄압이고 협박이죠. 그런 분들에게 미안함이 큽니다. 자꾸 제가 피해자처럼 비춰지는 게 부담스럽기도 하고요. 군사독재 시절에 끌려가 투옥

기웃기웃

되거나 고문을 당했던 분들께 부끄러워요. 제 솔직한 심정이에요.

저희집에 기자분들이 왔을 때 사찰에 관한 이야기를 한 적이 있습니다. 그때나 지금이나 저를 불법사찰했던 사람들에게 하고 싶은 말은 딱 한 가지예요.

"저를 들여다볼 시간에 자신의 속마음을 들여다보세요."

기본적으로 사찰이라는 것은 제가 겪어봐서 좀 압니다. 사찰에서 있어봤어요. 4박 5일 동안 템플스테이를 했거든요.

템플스테이의 핵심은 자기를 돌아보고 자기의 마음속을 들여다보는 거예요. '너 잘 지내냐, 괜찮냐?' 나에게 조용히 말을 걸어보는 시간, 온전히 나 자신에게 집중하는 시간을 갖는 거죠.

민간인 사찰同察은 제가 아는 사찰의 본질에서 벗어나 있어요. 자기가 아닌 남을 들여다보는 거잖아요. 지금 이럴 때가 아니에요. 먼저 자신의 마음속을 좀 들여다보세요!

사실 국정원보다 더 강력하게 추도식에 가지 말라고 저를 협박하고 위협한 건 저희 엄마였어요. 엄마가 가지 말라고 하셨을 때 오히려 마음에 갈등이 컸으니까요.

"정 가려면 나를 밟고 가라."

"드라마를 너무 많이 보신 모양인데, 그런 대사 하지 마세요."

'나를 밟고 가라'는 말 참 비장하죠. 그리고 굉장히 극적인 대사예요. 평상시에 이런 말 안 쓰잖아요. 제가 어떻게 엄마를 밟겠어요.

"가지 마라. 내 아들 그만큼 힘들게 했으면 됐지, 우에 또 부르노?"

이렇게 말씀하셨던 우리 엄마, 제 양복 빳빳하게 다려놓고

구두도 반질반질 닦아놓고 고향으로 내려가셨어요.

삐뚤삐뚤한 글씨로 쪽지도 남기셨더라고요.

"기왕 가려거든 깨끗하게 입고 가라."

아무튼 제가 사찰 대상자 명단에 있었다고 하니, 빨리 공개해주기만을 기다리고 있습니다. 명색이 국가기관인데, 저에 대해서 결혼정보회사보다 철저하게 조사하지 않았겠어요? 여자랑 같이 있는 사진이라도 나오면 제가 섹시해질 수 있는 절호의 기회잖아요. 기왕 조사한 거 불법이지만 버리지 말고 저에게만 주세요. 봐드릴게요. 아니면 권위 있는 국가기관 명의로 이렇게 발표하고 퉁칩시다.

**"김제동은 나이나 외모 빼고는
큰 흠결이 없는 남자다."**

이게 제가 생각하는 제 사찰 결과입니다.

"지켜보고 있습니다"

기도하고 자야겠습니다. 우리의 착한 꿈들이 이루어지기를. 슬픈 사람들의 눈물이 꽃이 되기를. 꿇고 있던 힘없는 사람의 무릎들이 조용히 그들을 무시했던 자들의 얼굴에 꽃히기를. 예쁘고 과격하게 기도합니다.

- 2012. 4. 10. 트위터

제가 가끔 사람들에게 듣는 말이 있습니다.

"너는 왜 야당 욕은 안 하냐?"

제가 야당 욕을 어떻게 합니까? 뭘 하는지 알아야 욕을 하죠. 하는 게 있어야 욕을 하죠, 어디 있는지 알아야 욕을 하죠. 뭘 하는지 모르겠는데 어떻게 욕을 합니까? 혹시 야당 보신 분 있으십니까?

여당이냐 야당이냐, 어느 정권이냐가 중요한 게 아니라 권력을 잡았는데 문제가 있을 때 비판해야 한다고 생각합니다. 그래야 부패하지 않죠.

지난 참여정부가 이라크 파병을 결정했을 때, 제가 이런 글을 썼습니다.

"참여정부라고 그러더니 국민들을 남의 나라 전쟁에 참여시키는 게 참여정부냐? 잘하는 짓이다. 씨~ 니들은 도대체 뭐하냐?"

그때는 아무 문제가 없었어요. 정부를 비판해도 별일이 없었습니다. 그 정권이 잘했다는 얘기가 아니라 적어도 비판을 하면 비판으로 받아들였어요. 고개 숙이는 시늉이라도 했습니다. 욕하는 맛이 있었죠. 끽소리 할 수 있으니 사는 맛도 좀 있었습니다. 시위 도중 경찰의 과잉 진압으로 농민 두 분이 사망하자, 대통령이 대국민사과를 하고 경찰청장을 교체했어요. 그것도 사람 목숨에 비하면 턱없이 부족한 조치지만요.

제가 정부를 비판하는 것은 대한민국을 사랑하기 때문입니다.

또 대한민국 국민이기 때문입니다.

저는 절대 대통령을 욕하지 않습니다. 다만 우리가 뽑았던 대통령으로 돌아오시라고 애원하는 겁니다. 경제민주화를 공약했던 대통령, 시민을 위한 대통령. 대한민국을 화합시키겠다고 약속했던 대통령, "통일은 대박"
이라고 외쳤던 대통령으로 돌아오시라고요. 대통령께 우리의 선택이 그르
지 않았음을 증명해달라고 끊임없이 요구할 수 있어야 한다고 생각합니
다. 그것이 국민의 권리이고, 대통령을 위한 길이라고 생각합니다.

"국민이 지켜보고 있습니다. 정치인들이 어떤 일을 하는지 지켜
보고 있으며, 정치인들이 어떤 약속을 했는지 지켜보고 있습니다.
국민들은 정치인들이 약속을 지키지 않았을 때 가장 크게 실망합
니다. 그래서 그런 정치인들이 국민 속으로 들어가서, 국민이 진짜
원하는 것이 무엇인지를 알고, 그리고 국민들에게 진짜로 했던 약
속들을 지키시기 바랍니다."

대통령께서 직접 하신 말씀입니다. 그런 대통령을 욕하는 것을
저는 용납할 수 없습니다.

우리 대통령이 어떤 대통령입니까? 세월호 유가족의 손을 잡고 유
가족이 원하면 무슨 말이든 듣겠다고 약속하고, 진상 규명이든, 특
별법을 만드는 일이든 가장 중요한 것은 유가족의 뜻이 반영되는
거라고 말씀하신 분입니다. 대통령 대화록 요약문에 나와 있어요.

제가 이렇게 꼼꼼히 대통령님의 얘기를 들어요.
얼마나 팬인데요.

지
켜
보
고

있
다.

저는 누구보다 친정부적입니다. 누구보다 대통령을 열렬히 응원하고 국회의원들을 응원합니다. 혹여나 자신이 한 약속을 잊으실까, 기억하시라고 이렇게 얘기하는 겁니다.

저는 숫기가 없어서 구호를 잘 못 외쳐요. 투쟁하자고 하지 않습니다. 다만 이렇게 말할 뿐입니다.

"대통령을 깊이 사랑합시다. 그분이 직접 하신 말씀을 기억하실 수 있도록 더욱 사랑합시다."

"여야 국회의원들을 사랑합시다. 저렇게 기억력이 없어서야 자기 집이나 찾아갈 수 있겠나, 하는 연민의 마음으로 그들이 뱉은 말이 집을 찾아갈 수 있게 우리가 함께 도와줍시다. 그리고 더욱더 깊이 사랑합시다."

벌들아, 미안해!

제 고향에 관한 잘못된 정보가 많아 바로잡습니다. 제 고향은 종북이 아니라 경북입니다. 착오 없으시기 바랍니다.

- 2013. 11. 30. 트위터

저는 1974년 2월 3일 대한민국 경상북도 영천에서 태어나 집 앞에 육군 제3사관학교를 두고 아침마다 군가를 들으며 자랐던 어린이입니다. 그 군가가 「멸공의 횃불」이었습니다.

"멸공의 횃불 아래 목숨을 건다~"

제가 아침마다 들었던 노래예요.

대한민국 제16대 노무현 대통령이 서거했을 때 노제의 사회를 봤고, 대한민국 제17대 이명박 대통령 취임식에서 사회를 봤습니다. 대한민국 제18대 박근혜 대통령이 좋아하는 연예인으로 저를 꼽았습니다.

> SBS 「힐링캠프」에서 경규 형님이 물었어요.
>
> "우리 셋 중에 누굴 제일 좋아하세요?"
>
> 그랬더니 박근혜 대통령께서 말씀하셨습니다.
>
> "김제동씨를 제일 좋아해요."

저, 이런 사람이에요.

그런 저에게 걸핏하면 '종북'이라고 합니다.

"재벌들 세금, 법인세 깎아줄 법을 만들 여력이 있으면 서민들 월급에서 나가는 세금도 공정하게 깎고, 세금이 어디에 쓰이는지 알려줘야 하지 않겠냐?"

이 말을 했더니 "종북이다" 그럽니다. 무슨 말인지 알 수가 없습니다.

2014년 기준으로 전 세계 무기 수입국 1위가 우리나라입니다. 그런데도 북한을 못 이긴답니다. 도대체 어느 시대의 장수가 일대일로 맞서 싸울 때 우리가 질 거라는 말을 할 수 있겠습니까? 전 한 번도 북한보다 대한민국이 전투력에서 아래라고 생각해본 적이 없습니다. 두려우면 추종하게 되고, 한 수 아래로 보면 당당히 포용할 수 있습니다.

무엇이 종북입니까? 저는 이런 걸 진짜 코미디라고 생각합니다. 북한이 미사일을 어떻게 만들었냐고 했더니 개성공단에서 나온 돈으로 대륙간 탄도탄을 개발했답니다. 그런데 개성공단에서 우리나라가 돈을 더 가지고 왔습니다. 국방비 다 제쳐놓고, 북한은 개성공단에서 나오는 돈만으로 미사일을 개발하고 핵도 개발하는데, 우리는 그 돈 가지고 다 뭐했을까요? 우리 군인들 방탄복이 뚫린답니다. 그 돈 어떻게 했냐고 물어보면 '종북'이라고 그럽니다.

진짜 종북은 국민들 세금 뒤로 빼돌려서 우리 젊은이들이 입는 방탄복, 북한군 주력 총알에 뚫리도록 만든 사람들이지, 그걸 물어보는 사람들은 애국자 아닙니까?

아이들에게 따뜻한 밥 한끼 해먹이고 수학여행 갈 때 안전하게 보내자고 하면 '종북'이라고 합니다. '빨갱이'라고 합니다. 그게 왜 종북이고, 빨갱이인가요? 대한민국 땅에 태어나서 유신시대를 거치면서 국정 교과서로 공부했던 제가 왜 북한을 따르겠냐는 말입니다. 말이 앞뒤가 안 맞잖아요. 자기들 논리에 맞지 않으면 무조건 종북이라고 갖다붙입니다. 하도 그래서 제가 그랬습니다.

"난 종북이 아니라 경북이다, 이 ××들아!"

저는 공산당이 싫어요. 김정은 정권은 규탄받아 마땅합니다. 그런데 왜 종북으로 몰릴까요? 종북從北에서 '종從'의 원래 뜻은 추종할 종이고, 북北은 북쪽 할 때 북이에요. 원조 종북은 북쪽으로 날아가는 기러기들이죠.

그런데 여기서 말하는 종북은 방위로서 북쪽이 아니라 체제로서 북한을 추종하는 세력을 말하는 거잖아요. 더 나아가보면 북한 없이 못 사는 사람들을 의미해요. 저는 북한 없이 잘 살아요. 저는 우리나라가 어떻게 하면 더 잘 살 수 있는지에 관심이 많아요. 그러니까 우리 사회의 진짜 종북은 북한이 없으면 못 사는 사람들입니다.

북한을 이용해서 사람들을 위협하는 진짜 세력이 누구인지 생각해볼 필요가 있어요. 그걸로 이득을 얻는 세력들. 그러니까 북한을 이야기하면서 이익을 얻는 사람이 누구인가, 그걸 생각하면 답이 딱 나옵니다.

예전에 저희 아버지 산소에 벌초를 하러 가는데 도중에 저희 매형이 벌집을 잘못 건드렸어요. 벌초를 다녀보신 분들은 아실 거예요. 잘못하다 벌집을 건드리면 벌이 "우~" 하고 올라와서 일직선으로 사람을 향해 막 날아듭니다. 구석구석 온데를 다 파고들어요. 그때 저희 다섯 누나들이 온몸으로 저를 막아줬어요.

"우리 제동이 방송해야 된다. 이 벌 새끼들아!"

제가 얼굴로 방송하는 사람이 아님에도 불구하고 그렇게 외쳤던 누나들입니다. 자기들은 벌에 다 쏘이면서 제 얼굴만은 지키겠다고 옷으로 감싸고 벌이 못 달려들게 제 얼굴을 후려치더라고요. 벌한테 쏘인 상처는 2주 만에 아물었는데 누나들에게 맞은 상처는 아직도 골병으로 남아 있습니다.

사실 벌들이 무슨 죄가 있어요. 자기 집을 침범하니까 머리띠 매고 나온 것뿐이잖아요.

그때 엄마는 아버지 산소에 먼저 올라가 계셔서 밑에서 벌집을 건드린 상황을 모르셨어요. 난리통에 소방관들까지 출동했고, 벌들이 흥분한 상태니 산을 내려가야 한다고 했어요. 제가 누나, 매형들과 먼저 산을 내려오고, 소방관 몇 분이 엄마를 모시러 올라가셨어요.

그때 소방관들의 복장이 어땠냐 하면 머리에 까만 망사 같은 걸 썼어요. 벌에 쏘이면 안 되니까요.

엄마가 산소에서 혼자 몇 시간을 기다리는데 누가 나타난 거죠. 소방관 분들이 내려가자고 했더니 엄마가 그러시더래요.

"늘 준비를 하고 있었습니다."

이렇게 좀 재미있는 가족입니다. 이런 가족을 두고 제가 어딜 가겠습니까.

참, 이렇게 고생하는 우리 소방관분들 대우 좀 잘해주시면 안 될까요? 대통령 취임식 때 의자 닦으라고 그러지 마시고요. 소방관분들 그런 대우 받을 분들 아니거든요. 그분들 의자 닦을 사람이 아니고, 의자에 편히 앉아야 할 고마운 분들이거든요.

그냥, 자는 척했습니다

나무가 떠니 붉은 핏방울들이 땅 위에 흩뿌려집니다. 언 땅에 더운 피를 수혈하는 모양입니다. 봄을 이야기하기에는 갓 찾아온 겨울에 미안한 마음입니다만, 저는 벌써 봄이 그립습니다! 저는 벌써 봄이 그립습니다!

- 2013. 12. 1. 트위터

저는 고향집에 가면 무조건 술 마시고 일찍 잡니다. 무슨 얘기 좀 하려고 하면 엄마와 다섯 누나가 한꺼번에 달려들어서 힘들어요. 인간의 한계를 넘어서는 고통입니다.

어느 날은 술 마시고 누워 있었더니 제가 자는 줄 알고 엄마가 혼잣말로 그러시더라고요.

"아이고, 야, 야, 니 빨갱이 아이제?

니 빨갱이 아이제?"

어디서 당신 아들 빨갱이란 소리를 들었나봅니다. 못 들은 척했지만 엄마가 걱정하는 게 느껴질 때면 다 그만두고 싶어져요. 엄마가 그렇게 걱정하고 부담을 느낄 정도라면.

그래도 마음속에 그런 생각이 들죠.

'돌아가신 분 노제에 가서 사회를 보는 게 빨갱이인가? 그럼 빨갱이 할게.'

'학자금 대출 서류와 즉석복권을 옆에 두고 자살하는 여대생, 등록금 때문에 냉동 창고에서 일하다 죽은 학생, 안타까운 죽음이 없게 노력해보자는 얘기가 빨갱이라면 기꺼이 빨갱이 할게.'

'노勞의 입장도 있고 사使의 입장도 있지만, 적어도 동등한 조건에서 대화해야 한다는 생각이 빨갱이라면 나 빨갱이 할게.'

'군대 가서 다치거나 희생된 청년들이 제대로 보상받지 못하고, 끝까지 치료받지 못할 때 국가가 끝까지 보상하고 치료하라는 이야기가 빨갱이라면 나 빨갱이 할게.'

'누구에게나 사정이 있겠지만 그래도 더 가진 쪽이 조금만 더 배려해주면 좋겠다고 말하는 것이 빨갱이라면 나 빨갱이 할게.'

이런 말을 엄마에게도 하고 싶었지만, 그냥 자는 척했습니다.

제가 이렇게 말하면 또 일부 언론에서는 기사를 다음과 같이 쓸지도 모르겠네요.

"김제동, 나 지금부터 빨갱이 할게."

요것만 기사 제목으로 뽑을 것 같은데,

진짜 그렇게 하는지 지켜볼게요.

진짜 애국, 가짜 애국

꽃을 피워야 할 시기에 꽃들이 바다에 지고 말았습니다. 살아 숨쉬는 미
안함을 넘어 이들이 바라던 꽃피는 세상을 대신해 피워야 할 마음을 다잡
아봅니다. 더 치열하게 봄을 만들어 이분들께 바쳐야 할 것 같습니다. 밝은
봄길에 서 있음이 한없이 미안합니다.

- 2010. 4. 15. 천안함 장병을 추모하며

제가 트위터에 천안함 순직 장병들을 추모하며 글을 올려놓자
MBC「조영남 최유라의 지금은 라디오시대」오프닝에서 제 글을
인용해서 소개한 적이 있어요.
제가 당시에 SBS「그것이 알고싶다」의 '천안함 침몰 미스터리
편'을 눈물을 흘리면서 봤습니다. 바로 그 엄마들이, 아들들이, 그

"천안함, 북한이 침몰시켰다."

정부가 발표하길래, 제가 그랬습니다.

"안다."

"그런데 왜 정부를 못 믿냐?"

그래서 제가 이랬어요.

"믿는다, 믿어. 그런데 그게 자랑이냐?"

위에서는 그때까지 대체 뭐했을까요? 북한보다 국방비를 수십 배 더 많이 쓰고 한미 연합훈련까지 하면서 북한의 쪼그만 잠수정이 쥐도 새도 모르게 다가와서 어뢰로 우리 젊은이들이 탄 배를 두 동강이 낼 때까지 뭐했냔 말입니다.

북한의 잘못을 비난함과 동시에, 북한의 도발에 속수무책으로 당하는 우리 국방의 현실에 대해서도 국방부와 대통령에게 책임을 물을 수 있어야 하는 것 아닙니까? 우리 젊은이들이 그렇게 죽어 갔는데 가슴에 달고 있는 그 계급장과 훈장이 부끄럽지 않느냔 말입니다. 먼저 미안하다고 말해야 하는 것 아닙니까? 우리 젊은이들을 지키지 못해서 미안하다고 해야 하는 거잖아요.

전쟁이 일어나면 과연 누가 이 나라를 지킬까요? 임진왜란 때도 전쟁이 일어나니까 보름 만에 선조가 도성 밖으로 피난을 떠났고

명나라 국경까지 도망가서 그랬다잖아요.

"나는 죽어도 천자의 나라에 가서 죽고 싶다."

이게 한 나라의 임금이 할 말입니까? 오히려 천대받고 살아온 노비와 백성들이 나라를 지키겠다고 의병으로 나섰잖아요.

지금도 마찬가지입니다. 북한이 도발을 하니까 우리 청년들, 젊은 군인들이 전역을 미뤘지 않습니까? 박수를 받아 마땅한 일이죠. 하지만 국민의 순수한 애국심을 권력자들이 이용하게 놔둬서는 안 됩니다. 진짜 애국이 뭔지 함께 생각해보자고요.

우리 국민이 해야 할 일을 정부가 대신 하라고 세금 내고 월급 드리는 거잖아요. 그런데 연평도에 포격이 났을 때 어땠습니까? 시민들을 찜질방에 몰아넣지 않았습니까? 대피시설 하나 제대로 못 만들어놓고 말이죠. 제가 거기에 담요하고 3,000만 원을 보냈어요. 제가 만약에 북한에 대포 만들라고 3,000만 원을 보냈다면 진짜 종북이겠죠. 그런데 우리 정부가 해야 할 일을 대신했잖아요. 사랑하니까요, 우리 대한민국을. 이유는 단지 그것뿐이에요.

높으신 분들, 제발 일 좀 하세요!

당신들의 낭만을 위해
국민이 처절하면 안 되잖아요

북한이 잠수함 발사 탄도미사일을 쏘았습니다.

강하게 규탄하고 대비책을 세워야 합니다. 그런데 별 말씀들이 없으시네요. 낭만적이고 경솔한 저도 화나는데.

종말단계 고고도 미사일 방어체계로는 잠수함 발사 탄도미사일을 방어할 수도 없지요. 아시지요? 전문가들이시니까요.

일관되게 북핵과 미사일을 반대하고, 사드보다 북핵을 더 잘 방어하고, 지역 주민들과 국민들을 안심시킬 수 있는 방안을 제시하라는 우리 국민들이 아직도 낭만적이고 경솔하게 보이시나요? 만약 그런 방안이 없다면 우리 국방예산 40조는 다 어디로 갔냐고 묻는 우리들이 경솔하게 보이세요? 북한과 전쟁이 일어나면 역대 가장 참전 의사가 높은 우리 국민들이 아직도 애국자가 아닌 것처럼 몰아붙이며 호통치고 싶으세요?

아니요, 전문가라고 불리는 당신들이 틀렸어요.

정치인과 기자들만 북핵 전문가인 줄 아세요?

아니요, 틀렸어요. 우리 생명 앞에서는. 우리 아이들의 생명 앞에서는. 손자 손녀의 생명 앞에서는 아빠와 엄마가 전문가이고, 할아버지와 할머니가 전문가예요.

생존 앞에 낭만적이고 경솔할 순 없지요. 우린 지금 처절해요.

제발 좀 낭만적으로 살게 해주세요!

우리도 호텔에서 밥 먹으며 국가안보에 대해서 이야기할 수 있게 해주세요. 낭만적으로. 근데 우린 그렇게 못해요. 우린 당신들처럼 벙커도 없단 말이에요.

아스팔트에서, 운동장에서. 북한의 핵으로부터 안전한 항구적인 평화를 외치는 사람들이 낭만적으로 보이세요? 북핵도 반대하고, 미국 전문가들도 우려한 한반도에서의 사드의 효용성을 우려하는 것이, 그러니 더 든든하고 안전한 한반도 평화를 위한 대비책을 함께 세우자는 것이 낭만인가요? 아스팔트 위에서 어르신들과 아이들의 외침이 호텔 아침식사 자리보다 더 낭만적으로 보이세요?

틀렸어요. 우린 처절해요.

우리의 낭만을 위해 당신들이 처절해야 맞잖아요.

당신들의 낭만을 위해 국민들이 처절하면 안 되잖아요.

연예인이 아는 척해서 속상하셨다면 죄송해요.

원내대표님, 근데 저도 헌법에 의거한 대한민국 국민이니,

말할 자격 있는 건 아시죠? 화 푸세요.

국민은 의원에게 화내도 되지만, 의원은 안 돼요.

북핵, 미사일, 잠수함 발사 탄도미사일, 북한지도부, 반대하고 규탄합니다.

그러니 대책을 세워주세요. 대한민국을 사랑하는 마음을 제발 좀 가져주

세요. 우리 국민들처럼.

기대하겠습니다. 응원합니다.

- 2016. 8. 26. 페이스북

매형, 누나, 아빠, 엄마
그리고 일하는 당신

조선소에서 일하시다가 돌아가신 첫째 매형은 아빠 없는 저에게 처음으로 썰매를 만들어준 분이었습니다. 노동으로 단련된 그 굵고 믿음직한 손을 잊지 못합니다. 누군가의 아빠이자 엄마인 모든 노동자들에게 깊이 두 손 모아 절합니다.

– 2015. 12. 26. 트위터

저는 어렸을 때부터 굉장히 똑똑한 아이였어요. 애들이 "니 아빠 없잖아" 하면 제가 애들한테 그랬어요. "그게 내 잘못이가?" 그랬더니 한 아이가 "니 잘못은 아니지" 그러더라고요. "그러면 됐다" 하고 같이 놀았어요. 그렇잖아요, 아빠가 일찍 돌아가신 게 제 잘못입니까?

제가 제일 속상했던 건요, 시골에서 자란 분들은 잘 아실 텐데, 썰매 있죠? 앉아서 타는 거 있잖아요. 그 썰매 때문이에요. 집에 아버지 있고 형 있는 애들이 만들어서 가지고 나온 거는 아주 좋잖 아요.

제가 집에서 혼자 부엌칼도 달아보고 철사도 우그러뜨려보고 온 갖 방법을 다 동원해서 썰매를 만들어 나갔는데, 이게 도저히 앞 으로 안 나가는 겁니다. 초등학교 2학년짜리가 만들어봐야 얼마나 잘 만들었겠어요. 짜증이 나고 쪽팔려서 "나는 썰매 타는 거 안 좋 아한다!" 하고 강에 안 나갔어요.

애들은 다 놀러나갔는데 혼자 앉아서 할 게 없으니까 겨울에 맨날 집 앞 양지바른 데 앉아 있거나, 누나들 화장품을 찍어 바 르다가 누나들한테 혼나고 그랬어요.

그러던 어느 날 첫째 매형이 저희집에 놀러 왔어요. 저희 엄마가 하도 결혼을 반대하니까 둘이 거제도로 도망갔었거든요. 그러다 매형이 직장을 잡았다고 하니까 엄마가 결혼 허락을 한 거예요. 매 형은 대우조선소에서 배를 만드는 사람이었어요.

결혼한 지 5년 만에 매형하고 누나가 저희집에 왔는데, 매형이 저한테 오더니 딱 두 마디 했습니다. 매형이 전라도 사람이었거든요. 아직도 기억이 납니다.

"처남, 저 밥상 위에 있는 노란 거 뭐여?"

"콩잎입니다."

"저건 우리 전라도에선 소도 안 먹어야!"

제가 그때 '전라도 음식문화와 경상도 음식문화가 참 다르구나!' '동서화합의 길이 참 멀겠구나!' 하고 생각했어요. 지금 생각해보면 아마 매형이 저한테 말 붙이려고 그러셨던 것 같아요.

그러다가 매형이 저희집 뒷마당에서 제가 만들다 처박아놓은 썰매를 보게 되었나봐요. 그때 매형이 딱 한마디를 했어요.

"처남, 철사 사와야."

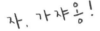

매형이 '철사 사와야'라고 말하는데 무슨 말인지 딱 알아듣겠잖아요. 철물점까지 철사를 사러 뛰어갔는데, 제 기억에 우사인 볼트보다 더 빨리 뛰었지 싶어요. 얼마나 좋았겠어요?

매형이 썰매를 두 개나 만들어줬어요. 하나는 앉아서 편하게 탈 수 있는, 자동차로 치면 세단입니다. 다른 하나는 쪼그려앉아 쫘악 빨리 가는, 자동차로 치면 스포츠카죠.

그렇게 썰매 두 개를 만들어서 강에 들고 나갔는데 세상을 다 가진 기분이었어요. 한번 상상을 해보세요. 배를 만들던 사람이 썰매를 만들었으니 얼마나 잘 만들었겠어요?

아직도 제 인생에서 가장 감동적인 말 한마디를 꼽으라고 하면, 첫째 매형의 "처남, 철사 사와야"입니다. 그때만큼 좋았던 적이 살면서 별로 없었던 거 같아요.

그런 매형이 대우조선소에서 36미터 높이에서 일하다가 머리에 철근을 맞고 떨어지셨어요. 안전띠를 매고 계셨는데 안전띠를 풀려고 하다가 못 풀어서 장파열로 돌아가셨어요.

그 어린 처남이 자라서 거의 30년 만에 매형이 일했던 곳, 대우조선소에 갔습니다. 매형처럼 일하는 분들이 여기 와서 이야기 좀 해달라고 하셔서요.

제가 대우조선소에 가면서 첫째 누나하고 통화를 했어요.

"내가 열 살 무렵에 기억하는
우리 매형 같은 사람들 만나러 간다."

어린 저를 위해 썰매를 만들어준 매형 같은 분들에게 고마운 마음을 갚을 기회가 생긴 것 같아서 뭉클하기도 했고. '우리 첫째 매형이 보시면 참 자랑스러워하시겠다' '그분들에게 조금이나마 도움이 되었으면 좋겠다' 그런 생각을 하면서 갔어요.

그랬습니다. 저는 다른 것은 잘 모르겠고, 앞으로 어떤 사람이 경영을 하든지 회사 정책을 이야기할 때, 누군가의 매형이고, 누군가의 아빠이고, 누군가의 엄마인 사람들의 삶의 터전이라는 걸 아는, 인간에 대한 기본적 이해를 가지고 있는 사람들이 회사를 경영했으면 좋겠습니다.

더울 때 더운 곳에서 일하고, 추울 때 추운 곳에서 일하는 사람들을 가리키며 "너 공부 안 하면 저렇게 된다"고 몰아붙이는 사회가 아니라요.

더운 날 더운 곳에서 일하고, 추운 날 추운 곳에서 일하는 사람들 덕분에 우리가 이만큼 편하게 살 수 있어 참 감사하다. 이런 이야기를 듣는 날이 왔으면 좋겠습니다. 자기 자리에서 열심히 일하는 사람들의 인간적 존엄과 가치를 인정해주는 그런 날이…….

함께 행복하지 않으면
의미가 없으니까

세상에 빛 없거든, 우리 마음에라도 작은 불씨 하나 타오르게 합시다. 우리들의 키 작은 불 하나 아주 꺼뜨리지 말고. 이철수 선생님의 전시회에 한번 가봐야겠습니다. 불씨 하나 들고 세상으로, 세상 속으로!

- 2011. 7. 4. 트위터

제가 반값등록금 얘기를 하면 "오지랖도 참 넓다"는 소리를 듣습니다. 그런데 저도 등록금을 내는 당사자예요. 얼마 전까지 대학에 편입해 다녔고, 조카들 등록금을 대서 세 명을 졸업시켰거든요. 제가 등록금 집회에 나가서 얘기했어요.

"제가 여기 나온 이유는 한 가지예요. 함께 행복하지 않으면 의미가 없잖아요."

그 전날 이철수 선생님 판화전에 다녀왔어요. 어떤 부부가 길을 걸으며 대화하는 장면의 판화가 하나 있었어요. 판화 속 어머니가 먼저 말을 건네요.

"아이들이 따라오는데 바람이 여간하지 않네요."

그러자 아버지가 대답해요.

"괜찮아, 애들은 아직 젊은데, 뭘."

그 문장이 등록금 집회에 나간 저의 이중적 감정을 그대로 표현해줬다고 생각합니다.

첫째, 미안하죠. 바람이 심상치 않고 여간하지 않거든요.

둘째, 믿습니다. 아직 젊으니까 괜찮을 거예요.

이 두 가지를 이야기해주고 싶었습니다.

"힘든 것 충분히 공감하고, 걱정스럽고, 미안하다. 그러나 너희는 아직 젊다."

중요한 것은 이 두 개의 순서가 바뀌면 안 됩니다.

어떤 높은 분이 "젊어 고생은 사서도 한다"고 말했다는데, 저는 그것부터 얘기하면 안 된다고 생각해요. 각각 삶의 모습이 다른데

일어나 이것드라
같이 눕기로 했자나

← 보수햄

← 진보햄

무턱대고 이렇게 말하면 안 되죠.

"나도 너만할 때는 가난했어."

"나도 해봐서 알아."

"젊어서 고생은 사서도 해."

이렇게 얘기하는 건 약 올리는 것밖에 안 됩니다. 미안하다고 하는 게 먼저죠. 앞서 살아온 우리가 만들어놓은 세상이지 않습니까.

고등학교 졸업하고 보니 등록금이 이렇게 되어 있는데,

젊은이들보고 어쩌라고요!!

꼴찌를 해도 괜찮은 사회

먹고, 먹여주고, 그럼 인생 잘 사는 거죠. 다들 누군가를 먹이고 누군가가 먹여주고 싶은 사람들일 거예요. 우리 잘 살았고, 앞으로도 잘 살 거예요.

- 2016. 2. 11. 페이스북

어느 날 잘 아는 PD에게 전화가 왔어요.

"야, 내 아들놈 때문에 못살겠다. 만나서 소주나 한잔하자."

그래서 갔더니 그래요.

"우리 아들놈이 반에서 꼴찌를 했다."

중학교 1학년인데, 그걸 알고 처음으로 혼을 냈대요.

"야, 인마, 너 이렇게 해서 이 험한 세상을

어떻게 살아나갈래!"

그랬더니 이러더래요.

"아빠가 나한테 그랬잖아.

다른 사람들을 행복하게 해주는 사람이 되라 그랬지?"

"그게 무슨 소리야?"

"내가 30등을 했으니까, 난 내 위에 있는 모든 아이들을

행복하게 해준 거야."

아빠들은 할말 없으면 뭐라 그럽니까? 보통 이렇게 말하죠.

"이게 입만 살아가지고."

그랬더니 아들이 그러더랍니다.

"아빠, 내가 한마디만 더 할게. 진짜 훌륭한 사회는

나 같은 애들도 잘 사는 사회 아냐?

꼴찌를 해도 괜찮은 사회가 돼야 하는 거지."

그래서 제가 그 PD한테 그랬어요.

"형, 지금 아들 자랑하는 거지?"

아들 말이 맞잖아요. 얼마나 멋진 발상이에요. '내가 꼴찌를 해서 내 위의 애들은 행복할 거야!' 처음 들어보는 얘기예요. 또 '진짜 훌륭한 사회는 나 같은 애들도 잘 사는 사회 아냐?'라니, 우리 아이들이 이미 그런 대안을 가지고 있어요. 그러니까 아이들을 믿고 투표권 확대를 고민해봐야 한다고 생각해요.

교육정책은 우리 아이들에게 실질적인 대안을 제시하고 아이들이 사는 방식을 결정하는 거잖아요. 중3에서 고1 정도 되면 교육감 투표권을 줘도 되지 않을까요? 그래야 어른들이 아이들 눈치도 보고, 아이들을 위한 정책을 펼치겠죠.

또 고2 정도 되면 대통령도 뽑을 수 있게 하고요. 아이들과 관련한 정책을 결정하는데 왜 당사자인 아이들을 참여시키지 않을까, 이런 생각을 좀 해봤습니다.

교육문제에 부모들이 불안한 것도 사실이죠. 그 불안을 좀 잠재워줄 수 있는 대안도 제시해야 아이들이 좀 편안해지지 않을까요?

제가 얼마 전에 『풀꽃도 꽃이다』의 저자 조정래 선생님과 이야기를 나눴습니다. 특히 직업의 가치에 대해 선생님께서 이렇게 말씀하시더라고요.

"사회 전체가 바뀌어야 해요. 고등학교 나온 사람하고 대학교 나온 사람의 임금 차이가 평균적으로 400만 원 정도 차이가 납니다. 더이상은 안 돼요. 많으면 100만 원. 적으면 60, 70만 원 정도로 격차를 줄여야 합니다. 독일, 프랑스, 네덜란드, 핀란드와 같은 선진국들은 다 그렇게 하고 있어요. 의사의 1시간, 대학교수의 1시간과 길을 고치는 사람의 1시간의 노동은 같다는 겁니다. 그 개념을 선진자본주의 국가들은 시행하고 있습니다."

조정래 선생님의 말씀, 저도 많이 생각해본 문제인데요. 요즘 이런 질문을 많이 받거든요. "명문 대학에만 가려고 사람들이 몰리는데, 어떻게 하면 좋겠냐?" 그 문제를 해결하려면 직업에 대한 차별이 없어져야 한다고 생각해요.

판사의 망치와 목수의 망치가
동등한 가치를 가져야 하는 거죠.

그게 동일 노동, 동일 임금이니까요. 최소한 비슷한 수준까지는 맞춰야 한다고 생각해요. 그러면 아이들이 지금처럼 무조건 판사가 되려고 하지는 않겠죠. 판사가 되든 목수가 되든 상관없게 되겠죠. 사실 목수의 망치질도 판사의 망치질도 다 중요하잖아요.

지금 우리 사회엔 인간적 대우, 즉 인간 존중에 대한 대우가 필요하다고 생각해요. 그러기 위해서는 어른들부터 직업에 대한 차별의식을 내려놓아야 우리 아이들이 사는 세상이 달라지지 않을까요?

우리가 진짜 '무엇이 중헌지'를 알고, 어떤 직업이든지 존귀하다는 인식을 가져야죠. 우리 아이들만큼은 그런 세상에서 살 수 있게 어른들이 힘을 모아야 한다고 생각해요. 그리고 먼저 아이들을 조금만 놀게 해주자고요.

숨 좀 쉬게 해주자고요.

토끼와 거북이의 경주,
공정한가요?

경쟁의 공정성은 보장하되 꼴찌를 해도 이 사회에서 낙오되지 않는다는 믿음과 공감대가 형성되어야 좋은 사회죠.

그런데 지금은 경쟁 자체가 공정하지 못합니다. 똑같은 일을 해도 정규직과 비정규직의 임금이 차이 나니까 괴롭고 속상한 분들이 많아요. 그러면 왜 이렇게 된 것인지 문제의식을 가져야죠.

예를 들면 '토끼와 거북이의 경주'라는 우화가 주는 교훈은 뭡니까? 거북이처럼 근면 성실하게 살아야 한다. 토끼처럼 게으르면 인생 망친다죠. 저는 이게 말이 안 되는 소리라고 생각합니다. 거북이를 산에 갖다 놓으면 불리할 게 뻔한데, 그런 애한테 "근면 성실하기만 하면 어떤 여건에서도 이긴다"는 교훈을 주기 위해 토끼와 경주를 시키는 것은 경쟁이 아니라 사기이자 학대입니다. 그렇다고 토끼랑 거북이랑 바다에서 수영 시합을 시키면 그건 토끼를 학대하는 거잖아요.

이럴 땐 토끼와 거북이가 서로 손잡고 주최 측에 따져야 합니다. 대체 누가 이런 말도 안 되는 경기를 시켰는지 물어봐야 합니다. 거북이는 바다에서 헤엄치고 싶고, 토끼는 산에서 뛰어놀고 싶은데 "우리한테 왜 이러냐?"고 물어볼 수 있어야 합니다.

어떤 잘못을 한 것도 아니고 열심히 사는데도 계속 뒤처지기만 하는 경쟁을 하고 있다면 언제부터 이런 경쟁이 시작됐는지 의문을 가져볼 필요가 있지 않을까요?

공정하지 못한 경쟁을 시키면서 어느 한쪽에 무조건 열심히 하라고만 하는 건 좋은 사회가 아닙니다. 토끼가 중간에 낮잠을 자야만 거북이가 이길 수 있는 경쟁을 시켜놓고 거북이에게 근면하라고 하는 건 말이 안 되는 얘기죠.

토끼가 낮잠을 자는 바람에 거북이가 이겼으니 망정이지 졌으면 뭐라고 그랬겠어요? "네 책임이다. 노력이 부족했다. 성실하지 못해서 그렇다"고 했을 겁니다.

　그러나 이런 불공정한 경쟁의 결과는 근면 성실과 아무 관계가 없습니다. 앞으로도 이렇게 달리라고만 할 겁니까?

얼마나 더 근면 성실하라고 할 겁니까?

금 따위 흙으로 덮어버리면 되지

어린 시절에 친구들과 경운기를 운전한 적이 있어요. 좁은 농로로 경운기를 몰고 가는데 반대편에서 고급차가 들어와서 가만히 서 있었어요. 갑자기 그 자동차 운전자가 소리를 질렀습니다.

"그거 빼, 인마!"

어린 마음에도 그 '인마' 소리가 거슬렸어요.

"아저씨, 경운기는 후진이 안 됩니다. 후진이 안 돼요!"

자동차 운전자는 어쩔 수 없다는 듯 욕을 하면서 후진을 해 비켜줍니다. 그때 저희 보란듯이 경운기를 쫙~ 후진해서 다른 방향으로 뺍니다.

경운기, 당연히 후진됩니다.

고급차에 기죽기 싫어서 그랬지만, 사실 가난했던 그 시절에는 돈 많은 사람들이 조금은 부러웠던 것 같아요.

돈 많은 게 좋기는 하죠. 그런데 이제는 부자가 다 부럽지는 않아요. '땅콩회항' 사건을 보세요. 돈이 그렇게 많아도 땅콩 봉지 하나를 제 손으로 못 까먹어서 기어코 비행기를 돌리잖아요. 얼마나 힘들게 삽니까.

'얼마나 마음에 화가 많으면, 땅콩 때문에 비행기를 돌리고 저 난리일까?'
이렇게 뭐라도 이해할 구석을 찾아보고 싶었죠.
그런데 그 사무장이 40대에 혼자 사는 남자인 걸 알고 나니 그냥 넘어갈 수가 없겠더라고요. 뭔가 저에 대한 정면 도전처럼 느껴졌거든요.

왜 이런 일이 벌어질까요? 우리 사회에서는 아직까지 노동계약이 '노동력을 파는 것이지 인격을 파는 것이 아니다' 하는 합의가 이뤄지지 않아서 그런 것 같아요. 우리가 정규직이든 비정규직이든 누군가에게 고용되어 일을 할 때 인격을 파는 게 절대 아니거든요. 그러니까 돈 많다고 함부로 행동하고 돈 없다고 무시당하는 것은 돈이 문제라기보다 우리 사회가 아직 인간의 존엄에 대한 인식이 부족해서 생기는 문제라고 생각합니다.

옛날에 중국이 그랬답니다. 『예기禮記』 '곡례'에 의하면 공작, 후작, 백작, 자작, 남작 등의 귀족과 대부 등 지배계급에게는 법을 적용하지 않고 예로만 대하고, 대부 이하 사민四民과 천민에게는 예로 대하지 않고 형벌만 적용하라고 했대요. 이것이 나라의 기본지침이었답니다. 소름끼치죠. 고대 중국의 이야기인데 지금 우리 이야기 같잖아요.

우리가 살고 있는 대한민국의 상황이 그렇잖아요. 저는 대한민국 법이 만인 앞에 평등하다고 생각하는데요. 문제는 재벌과 정치인 딱 만 명 정도에게만 평등한 것 같아요. 그들에게는 아주 관대하죠. 나머지 사람들에게는 칼같이 매섭습니다.

재벌은 죄를 지어도 감옥에 가지 않거나, 가더라도 금세 풀려납니다. 권력자의 자녀는 취업도 잘 돼요. 돈과 권력에 따라 사람을 다르게 대우하니까 상대적인 박탈감을 느낄 수밖에 없어요. 돈이 많거나 지위가 높다는 이유만으로 갖은 혜택을 누리는 것도 모자라 돈 없고 지위가 낮으면 사람 취급을 하지 않으니 모멸감을 느끼게 되죠.

그럴 때 피라미나 송사리, 이른바 흙수저는 어떻게 해야 할까요? 우리가 가진 것을 봐야 해요. 그건 바로 우리가 용 같은 금수저보다 쪽수가 훨씬 많다는 거예요. 금수저만큼 돈이나 권력은 없지만 우리에게는 연대할 수 있는 힘이 있어요.

그래서 돈 따위로 사람을 부릴 수 없다는 것을 자꾸 증명해 보여야 합니다. 돈이나 권력만 있으면 뭐든 할 수 있다는 잘못된 믿음을 깨줘야 해요. 인간의 존엄성은 돈으로도 살 수 없다는 것을 보여줘야 합니다. 그래야 사는 재미가 생겨요.

돈 좀 없어도 어깨에 힘줄 수 있고, 누구든 돈과 권력으로 횡포를 부리면 혼쭐난다는 것, 주위의 많은 흙수저들이 가만있지 않는다는 믿음이야말로 진정한 복지라고 생각합니다.

돈 없고 힘없다고 함부로 하는 날엔 흙으로 다 덮어버릴 수 있다는 걸 보여줄 수 있어야 해요. 작고 힘없는 존재처럼 느껴지지만 뭉치면 강력하다. 그걸 아는 흙수저의 자부심이 필요한 때입니다.

흔히 흙수저라고 일컬어지는 우리가 우리의 존엄을 자각하기 시작하면 그들이 우리를 겁내게 됩니다. 그래서 잘났든 못났든 돈이 있든 없든 우리가 모이면 무엇이든 이룩해낼 수 있다는 자부심을 그들에게 보여줄 수 있어야 한다고 생각합니다.

그래야 우리가 살아갈 맛이 좀 납니다.

내 울음소리가
누군가에게 들릴 수 있다면

"아프고 외롭고 배고픈 거

이제 우리가 가지고 갈게요.

아픈 우리가 서로 돌보고

외로운 우리가 서로에게 기대고

배고픈 사람을 먹이고

이제 우리가 할게요.

엄마의 아들, 동생의 누나, 형들

여기 많이 있어요.

외로워 마세요. 잘 있어요."

– 2016. 6. 구의역 아이에게

어떡할래?

아무 이유 없이 울컥했어요. 어린 사자가 되고 싶기도 하고, 어른 사자가 되고 싶기도 하네요. 말없는 저 언덕이 되고 싶기도 하고.

– 2012. 6. 20. 트위터

쌍용자동차 노동자분들이나, 세월호 유족분들, 그리고 성주와 김천분들에게 제가 어떤 도움이 됐다고 생각하진 않아요. 그런 큰 자격이 있다고 생각하지도 않고요. 다만 그분들이 계신 곳에 가면 제 마음이 편해서 그래요. 아이들 사진이나 희생된 사람들을 매체에서 보면서 저와 이야기해요.

'가만있을래? 필요하시다는데, 어떡할래?'

반대로 '내가 가면 또 시끄러워지는 거 아냐?' 등등 여러 가지 생각이 들어요.

제 안에도 인터넷이 있잖아요. 저하고 소통해서 '좋아요'가 많이 달리는 쪽으로 행동하는 거죠. 저는 그렇게 하는 것이 자유라고 생각해요.

자유는 자기 이유로 사는 것이라고 했죠. 내 이유로 사는 것. 다른 사람들이 "너 그렇게 살지 마라"고 얘기할 때 참고할 순 있겠지만, 무작정 따를 수는 없잖아요. 만약 제가 살면서 직접적으로 피해를 준 사람이 있다면 사과할 거예요. 하지만 제 인생과 전혀 관계없는 사람들이 단지 자기 마음에 들지 않는다고 그렇게 살지 말라고 하면 제가 묻겠죠.

"내가 어떻게 살아야 하는데?"
그럼 나름대로 이야기를 하겠죠.
"오케이, 너는 그렇게 살아. 난 내 방식대로 살게."

저는 그런 게 정말 섹시하다고 생각해요. 사자, 매력적이잖아요. 사자 갈기, 섹시하잖아요. 샴푸하고 트리트먼트해서 멋있는 게 아니잖아요. 그런 의미에서 보면 자기 사상이나 행동의 결도 자기 스스로 가장 자유로울 때 파괴력이 있다고 생각해요. 내밀한 곳에서 자기다울 때 훨씬 더 폭발력을 가지는 것처럼요.

말은 이렇게 하지만 사실 제가 겁이 엄청 많습니다. 밤에 자려고 누우면 별의별 생각이 다 들어요. '공권력에 쫄면 안 된다' '언론에도 기죽으면 안 된다'고 생각해서 해야 할말은 하지만, 겁이 나는 게 사실이에요. 옛날처럼 잡아가서 고문하지는 않더라도 뭐 하나라도 꼬투리 잡아서 파렴치범으로 만들어버릴까봐 억수로 겁이 납니다.

지금 비웃는 거 아니죠?

그래서 스님들과 가까이 지내고, 천주교에서 세례도 받고 하는 거예요. 겁이 나서요. 저희 엄마는 교회에 다니시고, 페이스북에는 이슬람 친구들도 있어요. 얼마 전에 신내림 받고 무당 된 후배도 있고요. 그래도 늘 조마조마합니다. 괜히 '뭐 잘못한 거 없나' 저도 모르게 위축됩니다. 쫄지 말자고 다짐해도 가끔 쫄아요.

그럼에도 불구하고,
제가 이렇게 하고 싶은 얘기를 하는 건
그러지 않으면 죽을 때 쪽팔릴 것 같아서예요.

'마이크 잡은 사람 중에 힘없는 사람들 편 들어주는 사람이 한 사람은 있어야 하지 않나.'

이렇게 생각하는 건 제가 정치적이어서가 아니에요. 쫄리고 주저하게 될 때마다 사람에 대한 도리를 생각하게 하는 분들이 세상에 많아서입니다.

"끽소리 나는 세상, 만들어보자고요"

안거낙업安居樂業의 뜻, 다시 묻습니다.

(* 이 말은 노자가 『도덕경』에서 한 말이라지요. '편안히 살고 즐겁게 일한다'는 뜻이에요.
제18대 박근혜 대통령께서 자신이 정치하는 이유를 밝히며 인용한 말이기도 해요.)

- 2015. 12. 22. 트위터

억울한 죽음을 표현하는 말이 있죠.

'끽소리도 못 하고 죽는다.'

드라마에서 주인공과 엑스트라의 차이가 뭘까요? 주인공은 죽더라도 자기 할말은 다 하고 죽어요. 가족 친구 연인에게까지 하고 싶은 말 다 하고 자신이 어떻게 살아왔는지도 전부 얘기하고 죽죠. 물론 대부분 죽을 듯하다가 다시 살아납니다. 반면에 엑스트라는 끽소리도 못하고 죽죠.

살면서 그런 느낌 들 때 없으세요? 끽소리 못하고 죽을 것 같은 불길한 예감이 들거나 투명인간 취급을 받는 것 같을 때요.

제가 어느 날 갑자기 억울하게 죽는다고 칩시다.
죽은 원인이 밝혀지지 않는다면,
누군가 단 한 사람이라도 그 원인을 밝혀보자고
이야기해주지 않을까요?
(아니라면…… 허허)　허걱!

내가 만약 억울한 일을 당했을 때 사람들이 외면하지 않고 도와줄 거라는 믿음. 그런 공감대만큼 든든한 사회 안전망이 또 어디 있을까요? 어디서 흙수저가 금수저에게 부당한 대우를 받으면 흙수저 전체가 일어나 금수저를 가만두지 않으리라는 확신. 이게 보험이고 복지 아니겠어요? 이것만 갖춰진다면 금수저를 부러워할 필요가 없겠죠.

흙수저들이 존재감을 드러낼 수 있는 방법 중 하나가 시위, 즉 집회죠. 그런데 집회를 하지 말라고 그럽니다. 한 유력 정치인이 "민노총만 아니었으면 대한민국은 국민소득이 3만 불이 넘고 선진국에 들어섰을 것"이라고 했죠. 또 "강성 노조 때문에 건실한 회사가 문을 닫는다"며 콜트 노조를 비판했습니다. 나중에 노조 비판 내

224

용을 공개 사과하라는 법원의 판결을 받아서 공개 사과를 하셨죠.

저도 어렸을 때는 TV에 시위하는 사람들 나오면 꼴 보기 싫었어요. 그런데 가만히 생각해보니까 시위 없는 나라는 북한이 거의 유일합니다. 시위하지 말라는 건 북한처럼 되자는 것 아닌가요? 저더러 종북이라고 하는 사람들이 북한처럼 살자고 하니 참 이상합니다.

아무 이유도 없이 나가서 소리치는 집회가 아니잖아요. 집회는 엄연히 헌법 21조에 보장된 자유 중 하나예요. 정치에 자기 의견이 제대로 반영되지 않는다고 느끼는 사람들이 모여서 공개적으로 의견을 밝히는 게 집회고 시위죠. 부정적인 선입견 때문에 그렇지, 시위는 시민의 고유한 권리입니다.

집회하는 사람들을 사회 혼란 세력으로 몰아세우는 이유는 편하게 통치하려고 해서죠. 힘없고 빽 없다고 고분고분한 피라미나 송사리가 되면 안 됩니다.

저더러 불법 시위 선동한다고 하는데, 저는 불법 시위는 절대 하지 말자고 합니다. 대신 교양 있게 앉아서 책 읽으며 시위하자고 합니다. 학생들이 대통령 욕하면, 그러지 말라고 합니다.

반값 등록금 시위할 때도 "엠비 아웃MB OUT" 같은 구호는 하면 안 된다고 했어요. "국민이 뽑은 대통령인데 그러면 안 된다" 대신 "엠비 인MB IN"하자고 했습니다.

"원래 그분의 공약이었으니 꼭 지키시라고 힘을 보태라."
"대통령님, 힘내십시오."
이렇게 하자고요.

삭발 시위 대신에
파마 시위 같은 거 하자고요.
파마약 냄새 팍팍 풍기면서.

힘없는 사람들이 끽소리 낼 수 있는 세상이면 좋겠어요. 힘없는 사람들의 얘기에 귀 기울여주는 세상이면 좋겠어요. 억울해서 얘기하는데, 답답해서 얘기하는데, 그걸 "쟤들은 맨날 징징대"라고 매도해버리지 않는 세상이면 좋겠어요.

이렇게 힘있는 사람, 힘없는 사람 구분해서 얘기할 필요가 없는 세상이면 더 좋겠어요. 사람이 모여 살다보면 필연적으로 힘없는 사람이 생겨나게 마련인데, 그 격차가 크지 않으면 좋겠어요.

어르신은 어르신대로 존경받고, 젊은이들은 젊은이들대로 꿈을 펼칠 권리, 아이들은 아이들대로 보호받을 권리. 이런 권리들이 조화를 이루면 좋겠어요. 함께 행복하지 않으면 아무런 의미가 없으니까요.

합법적 뒤통수치기

우리에게 남아 있는 마지막 평등권. 우리를 투명인간 취급해온, 돈과 권력만 있고 싸가지는 없는 것들의 뒤통수에 합법적으로 던질 수 있는 것. 투표.

- 2016. 4. 13. 페이스북

권력이 시민을 두려워하게 만드는 것. 그들이 가진 힘이 우리 국민에게서 나왔다는 것을 알려주는 것. 우리는 통치의 대상이 아니라 섬겨야 할 시민임을 알려주는 것. 뭘까요? 바로 투표입니다.

선거철이 되면 그들이 빌고, 선거가 끝나고 나면 우리가 빌고. 이런 악순환은 매우 비정상적인 상황이에요.

정치인들의 뒤통수를 칠 수 있는 합법적인 권리가 바로 선거고 투표예요. 용들이 평소에는 피라미나 송사리와 눈도 안 마주치다가 4, 5년마다 괜히 친한 척 하잖아요. 여의주 찾으러 내려오잖아요.

그럴 때 피라미와 송사리들이 어깨동무하면서 "우리 알아? 우리 본 적 있어? 꺼져!" 하고 말할 수 있어야 합니다.

용이 승천하려면 여의주를 물어야 하는데, 그 여의주를 우리가 주는 거잖아요. 여의주를 아무에게나 쉽게 내주지 않는다는 걸 보여줘야 해요. 그래야 4, 5년 내내 우리의 존재를 의식합니다. 우리를 투명인간 취급하지 않아요.

우리나라에서는 오랫동안 그게 잘 안 통했어요. 특정 정당의 공천만 받으면 당선은 떼놓은 당상과 마찬가지인 곳들이 많으니까 정치인들이 유권자들의 눈치를 보는 게 아니라 공천 주는 사람들의 눈치만 보잖아요. 게다가 정치후원금을 금수저가 많이 낼까요? 흙수저가 많이 낼까요? 금수저들이 많이 냅니다. 그러니 법안이나 정책을 만들 때 금수저의 입김이 세게 반영될 수밖에 없어요.

이번 20대 국회의원 선거에서 변화가 좀 있었습니다. 원내 4당 체제로 국회가 출범을 했잖아요. 어느 당이 몇 석을 차지했느냐가 중요한 게 아니라 유권자들이 힘을 모으면, 특히 20~30대 젊은이들이 합법적인 권리를 행사하면 정치 판도를 바꿀 수 있다는 것을 보여주었다는 게 중요합니다.

이제 새누리당도, 더불어민주당도, 국민의당도, 정의당도 모두 시민의 눈치를 보게 됐어요. 시민의 승리입니다. 그렇다고 여당의 패배라는 뜻이 아니에요. 야당의 승리라는 뜻도 아닙니다. 어느 당이든 잘해야만 금배지를 지킬 수 있다고 알려준 거예요. 그것이야말로 우리의 승리라고 생각합니다.

젊은 친구들한테 "왜 투표를 하지 않느냐?" "정치에 너무 관심이 없는 것 아니냐?"고 뭐라 그러는 어른들이 있잖아요. 그런데 그건 어른의 자격이 없는 거라고 생각해요. 투표하기 싫게 만들어놨고, 이 사람 저 사람 찍어봐야 다 똑같은 구조를 만들어놓은 건 그들이거든요. 먼저 사과부터 해야죠.

"미안하다. 투표할 마음이 들지 않게끔 만들어놔서 미안하다. 앞으로 노력하겠다."

예를 들어 식당에 가서 맛이 너무 짜서 불평했을 때, 주방장이 손님한테 "거 참 입맛 까다롭네"라고 윽박지르지 않잖아요. 그건 폭력이죠. 선거철에 상 차렸는데 사람들이 안 먹으면 정치의식이 없다고 해요.

제가 봤을 때 20대 친구들만큼 정치의식이 높은 세대가 없어요. 그런데 정치에 관심 가질 시간을 안 주잖아요. 인생을 너무 힘들게 만들어놔서 정치에 관심을 갖지 못하게 했잖아요.

　정치 그 자체는 더럽지도 깨끗하지도 않다고 생각해요. 다만 더
러운 이들에게 정치적 권한을 주면 정치가 더러워지고, 깨끗한 이
들에게 정치적 권한을 주면 깨끗해지는 것이지요.

　누구에게 줄 것인가는 우리가 결정해야죠. 우리가 어떤 세상을
살아갈지를 우리 스스로 결정하는 거예요.

짜릿한 선택이죠. 널 택했어!

선거법 위반?
제가 누굴 찍을지 어찌 알고

사랑하는 나의 조국, 대한민국에 돌아왔습니다. 내일 4년간 누구와 연애할지 꽉 찍으려고요. 투표가 끝나는 순간부터는 저는 선거전에 돌입할 겁니다. 말리지 마세요. 걸리면 대시하고 차이면 또 할 겁니다. 긴 선거전이 예상됩니다. 흠~

- 2012 .4. 10. 트위터

제가 2012년 서울시장 보궐선거 때 트위터에 투표 인증 사진과 투표를 독려하는 글을 올렸다가 고발당해서 검찰의 기소유예 처분을 받은 적이 있어요.

투표용지도 없이 저희 동네 투표소 옆에서 얼굴을 가리고 사진을 찍어 올리면서 "닥치고 투표, 저 누군지 모르겠죠?" 했습니다.

"투표율 50퍼센트 넘으면 삼각산 사모바위 앞에서 윗옷 벗고 인증샷 한 번 날리겠습니다. 그런데 이게 도움이 될까요? 고민되네"라고도 했어요.

그런데 이것 때문에 선거법 위반으로 고발을 당했어요. 고발 사유가 뭔지 아세요? 제가 누구를 찍을지 아는 상황에서 투표를 독려한 것이 명백한 선거운동이라는 겁니다. 그리고 몇 달 만에 기소유예 처분을 받았습니다. 기소유예란 법을 위반한 건 맞는데, 초범이라 봐준단 얘기예요. 검찰에서 보낸 통지서를 들고 제가 방에서 떼굴떼굴 굴렀습니다.

제가 투표용지를 보여주지 않았음에도 불구하고 누구를 찍었을지 짐작할 수 있기 때문에 선거법 위반이라는 거잖아요. 아니, 열 길 물속은 알아도 한 길 사람 속은 모른다는데, 검찰이 무슨 독심술사도 아니고 사람 마음을 꿰뚫어보는 재주가 있나봐요. 우리집에 빨간 옷이 얼마나 많은데…….

서울시장 선거 당일 날 나경원 후보도 투표하는 모습이 방송에 나왔고, 박원순 후보도 투표하는 모습이 방송에 나가지 않았습니까. 그러면 나경원 후보가 박원순 후보를 찍었겠어요? 아니면 박원순 후보가 나경원 후보를 찍었겠어요? 그럼 그분들은 누구 찍었는지 모를까요?

제가 투표 인증샷 때문에 검찰에 고발됐다는 기사가 뜨자 공지영 작가님이 트위터에 "김제동이 너무 힘들어한다"고 올렸어요. 사실 공지영 작가님이 전화했을 때 제가 등산 중이었거든요.

"너 힘드니?"라고 물어보길래 헉헉대면서 "힘들어요"라고 대답했는데, 하필 깔딱고개를 오를 때였거든요.

전 그게 힘들었다고요.

자유와 권리 상속권, 받으셨죠?

'유구한 역사와 전통에 빛나는 우리 대한국민은~'

헌법 전문에 있는 첫 구절입니다.

헌법 선언의 주체가 대한국민이라는 명백한 선언입니다.

대한국민이 헌법의 주체라는 선언이 헌법 전문의 첫 구절입니다.

"국민의 자유와 권리는 헌법에 열거되지 아니한 이유로 경시되지 아니한다."

헌법 37조 1항입니다.

36조까지 국민의 권리와 자유에 대해 끈질기게 이야기하고, 37조에 그래도 부족하다며 담은 구절입니다.

저는 이 구절이 아름다운 연애편지를 36장 쓰고, 37번째 장에 "여기 씌어 있지 않다고 해서 당신을 사랑하지 않는 것이 아니다"라고 말하는 연인의 마음처럼 느껴졌습니다.

대한국민을 개돼지로 보는 이들에게는 대한민국의 상속권이 누구에게 있는지 알려주는 섬뜩하고 통쾌한 할아버지의 유언장이기도 할 겁니다. 헌법입니다.

모든 대한국민은 말하고 표현할 권리를 지닙니다.

참외가 제철입니다. 꿈꿈 잘 먹었습니다. 앞으로도 먹을 겁니다. 맛있는 참외 키워주신 모든 분들께 인사 전합니다. 고맙습니다.

- 2016. 7. 17. 페이스북

다른 사람들은 어떻게 생각하는지 몰라도 제가 저를 가만히 보면 저만큼 보수적인 사람도 드물어요. 보수가 가장 중요하게 여기는 게 법이죠. 그리고 가족과 공동체일 거예요.

얼마 전 고등학교 선배님이 제게 연락을 했어요. 성주에 내려와 달라고. 처음에 제가 안 간다고 했다가, 그냥 내려가서 참외만 얻어먹고 오려고 했다가. 아이들까지 거리에 나와서 "우리 학교 앞에 사드는 안 된다"고 하는데, 그 얘기의 찬반을 떠나서 아이들이 공부할 시간에 거리에서 시위하게 해도 되나 싶었어요.

또 저녁이 되었는데 평생을 농사지으신 할아버지와 할머니들이 밥도 못 드시고 왜 아스팔트 위에 앉아 있어야 하나, 이런 대우를 받으실 분들이 아닌데. 죄지은 게 하나도 없는데. 평생을 착하게 살아오신 분들인데.

오히려 '내가 죄짓고 있나?' '내가 손가락질 받을 일을 했나?' 걱정하는 그분들의 얼굴을 뵈니까 진짜 분한 마음이 올라왔어요.

'왜 이분들을 겁에 질리게 만들지?'

'평생 농사짓고 살아오신 게 다인데.'

그 마음이어서 "할머니 할아버지, 괜찮아요" 이런 얘기를 해드리고 싶었어요.

여러분도 잠깐 아이들과 함께, 평생을 농사만 지으신 우리 어머니, 아버지들과 함께, 아이들의 엄마와 아빠와 함께 아스팔트 위에 앉아주시겠어요?

이 얘기는 319쪽에 깔아놨으니 다시 얘기해보자고요.

3부

우리 이렇게
살 수 있는데

외로울 땐 동네 단골집

내가 얼마나 무섭고 외로운지 단 한 명만이라도 알아줬으면 좋겠다 싶을 때. 묻고 따질 시간도 없이 나를 왈칵 안고 "걱정 마라"고 이야기해주는 사람이 있었으면 좋겠다 싶을 때. 그 품에서 자존심 같은 거 다 버리고 확 울어버리고 싶을 때. 그런 우리들에게 위로를.

– 2012. 12. 4. 트위터

가끔 그럴 때 있으시죠? 딱 공감되면서 내 얘기 같은 영화가 있잖아요. 저는 이번에 「혐오스런 마츠코의 일생」이란 영화를 봤는데요. 주인공이 혼자 사는데, 어디 갔다 오면 "다녀왔습니다" 이렇게 이야기하면서 집에 들어가요. 여러 가지 의미가 있겠지만 가끔 저도 그래본 적이 있기 때문에 백 번 천 번 그 심정을 이해합니다.

일하고 집에 들어와서
"다녀왔습니다"라고 이야기했을 때,
"오늘 고생했다" "아이고, 힘들었지"
이 말 한마디 들으면서 사는 것.

그게 사실 인생의 목표가 될 수 있다고 생각합니다. 그 말 한마디 해줄 수 있다면, 그런 따뜻한 말 한마디 들으면서 사는 게 인생의 행복이라고 생각합니다.

혼자 살면 좋은 점도 있지만 사실은 외로울 때가 더 많죠. 혼자 "다녀왔습니다" 하고 집에 들어가면 참 서글퍼요. 제가 부산에서 토크콘서트를 끝내고 집에 혼자 들어올 때 든 감정이거든요.

집에 와도 반겨주는 사람 하나 없어 인생이 쓸쓸하다고 느끼시나요? 제가 도움이 될 만한 방법을 알려드릴게요. 동네에 단골집을 많이 만드는 거예요. 제 단골 커피집이 있는데 거기 일하시는 분이 도시락 싸오거든요. 밥때 가면 그분 도시락을 뺏어 먹기도 하고요. 저는 회를 안 먹는데, 동네 횟집에서 미역국 끓여놨으니 와서 같이 먹자고 하면 넙죽 앉아서 먹기도 합니다. 제가 연예인이라서 그런 게 아니라. 지금 동네에 오래 살다보니 왔다갔다 인사하면서 만들어놓은 수많은 단골집이 가족의 역할을 하는 거죠.

여러분도 동네에 단골집 하나쯤 만들어놓는 거 어떠세요? 집 밖

을 나설 때 "다녀오겠습니다" 인사하면 손 흔들어주는 단골집들, 집으로 들어올 때 "다녀왔습니다" 하면 반겨주는 이웃들.

요즘은 혼자서도 잘 사는 게 '쿨한 것'이라고 하는데요. 그래도 저는 서로 좋은 거, 친한 거 티내면서, 그렇게 섞여 사는 게 더 좋더라고요.

저처럼 친해지고 싶은 마음은 있는데, 매일 이어지는 야근에, 회식에, 바쁘게 사느라 내가 사는 동네 사람들과 친해질 시간이 없는 솔로족들도 많으실 겁니다. 집에서 밥 한끼 차려 먹는 것도 쉽지가 않죠.

저를 비롯해 대한민국의 수많은 솔로족에게도, 혼밥족에게도 응원의 메시지를 보냅니다. 힘내!

이 맛에 버티나봅니다

사람 사는 게 이런 건가봐요. 살며시 정에 기댑니다.

함께 나눕니다. 여러분도 따뜻하시기를.

사랑하는 제동씨! 밥차 아주머니예요.

식사도 못하고 컨디션도 안 좋아보이던데.

생강과 레몬으로 만든 차예요.

오늘 못 드시면 숙소 가서 스토브에라도 데워서

아침저녁으로 드세요

목이 한결 나아질 거예요.

제동씨, 항상 힘내고 화이팅!

- 2016. 2. 28. 페이스북

제가 12월 26일에 집 앞에서 택시를 탔는데요, 올림픽대로를 달리던 중에 운전하시던 아버님이 저를 알아보신 것 같아요. 슬며시 미터기를 _끄_시더라고요. "왜 _끄_시냐"고 물었더니 "아무것도 묻지 말고 가만히 계시라, 영업용 택시니까 여기까지 나온 요금만 받겠다"고 하시면서 "살면서 김제동씨에게 고마운 일이 많았어요. 아마 그렇게 생각하는 사람들이 나 말고도 많을 거예요"라고 말씀해주셨습니다.

가는 내내 굉장히 고맙고 울컥하고 그랬습니다. 그래서 내릴 때 어떻게 해야 하나 고민하다가 그냥 아버님이 말씀하신 요금 5,500원만 드리고 내렸습니다. 그랬더니 아버님이 "부담 갖지 마세요. 성탄선물이라고 생각하세요"라고 말씀해주셨습니다.

택시에서 내리니까 흰 눈이 펑펑 왔어요. 가는 택시를 바라보며 아버님 뒷모습에 깊은 감사의 인사를 드렸습니다. 기대하지 않았던 성탄선물을 받은 기분이었고, 뭔가 말로는 다 표현하지 못할 큰 기쁨을 누렸던 성탄이었습니다.

마음이 전달된다는 것은 그런 것이 아닌가 싶습니다. 힘들고 어려울 때 누군가의 변치 않는 마음을 확인하는 것, 보이지 않는 사람들의 깊은 기도를 확인하는 것만큼 좋은 일도 없는 것 같습니다.

저도 여러분을 위해서 그렇게 올 한 해 기도하겠습니다. 열심히

뛰는 새해만이 아니라 찬찬히 멈춰 서서 나를 위해 기도하고 있는 주위 사람들을 한번 생각해보는 것, 또 찬찬히 멈춰 서서 나를 위해 눈을 맞춰주고 나를 위해 작지만 큰 호의를 베풀어주는 것, 그런 게 필요한 한 해가 아닌가 생각됩니다.

다시 한번 눈 내리던 그날 택시를 운전해주신 이름 모를 아버님께 깊은 인사와 안부를 전합니다.

세상에 저를 미워하는 분들도 많은 것 압니다.
그분들 마음도 이해합니다. 하지만 말없이
"그 자식 얘기를 들어보면
그렇게까지 나쁜 사람은 아닌 것 같은데" 으허형

하고 믿어주시는 분들 또한 계시기에 오늘도 쫄지 않고 떠들어보렵니다.

말없이 토닥여주고, 따뜻한 차 한잔 챙겨주고, 잠시 미터기를 멈추어주는 여러분의 마음에 저도 재주껏 보답하겠습니다.

흔들흔들 그러나 둥실둥실

꽃 흐드러지게 피는 봄날도, 태양이 쓰다듬는 여름날도, 우리 물들어 노을 과 어우러지는 가을날도, 추운 날 서로가 난로임을 깨닫는 겨울날도. 모두 여러분을 위해 그렇게 있을 거예요. 오롯이 그대들의 날이 되시기를!

- 2013. 12. 30. 트위터

나침반을 보면 바늘이 계속 불안한 듯 흔들리잖아요. 끊임없이.
나침반 바늘이 흔들리고 있다는 것은
방향을 제대로 가리키려고 안간힘을 쓰고 있다는 뜻입니다.
제 소명을 다하려고 애쓰고 있다는 뜻이죠.
그 바늘이 멈추면 나침반으로서의 가치가 없어지는 거예요.

그러니 흔들리고 있다는 것은 올바른 방향을
향하고 있다는 증거로 받아들이셔도 됩니다.

멋있는 말이죠?

신영복 선생님의 『담론』에 나오는 내용입니다.

어쨌거나 흔들리는 것이 반드시 나쁜 것만은 아니란 얘깁니다.

우리가 스스로에게 느끼는 갈등도 부정적으로만 볼 게 아니라고 생각해요.

긍정적으로 생각해볼 필요도 있지 않을까요?

'내가 지금 방향을 제대로 잡아가고 있구나!'

그럴 때 있으시죠? 어떤 일을 해놓고 '다른 사람들은 나를 어떻게 생각할까?' '이 일에 대해서 어떤 의견을 가질까?' 그런 생각이 들 때가 있습니다.

제가 '김제동이 어깨동무합니다'라는 주제로 전국 40개 대학에 다니면서 강연을 할 때였는데요, 이제 갓 스무 살이 된 간호학과 학생이 저에게 질문을 했어요. 몇 날 며칠 밤을 새워 위안부 피해자 할머니께 드릴 목도리를 짰다는 거죠. 다 짜고 보니까 실이 일본산인데, 어떻게 하면 좋겠냐는 거예요.

만약에 이걸 드리면 할머니들은 이해해주시더라도 네티즌들이 알면 개

념 없다고 오해를 받을까, 너무 걱정된다는 겁니다.

두 학생이 저에게도 직접 짠 목도리를 선물로 줬어요. 제가 그 목도리를 둘렀을 때 가장 먼저 든 느낌은 '따뜻하다', 그다음은 '참 고맙다', 마지막은 '아, 이거 참 애썼겠다' 이런 거였어요.

제가 느꼈던 마음을 학생들에게 그대로 전했습니다.

"제가 아무리 이유를 생각해봐도 '이 실이 어느 나라 제품이지?' 라는 생각은 안 들 것 같아요. 아마 할머님들도 똑같은 마음을 가지실 것 같습니다. 그러니까 걱정 안 하고 드려도 될 것 같아요.

실이 일본산이면 어떻고, 바늘이 중국산이면 어때요. 가장 중요한 것은 그걸 짠 두 사람의 마음이 대한민국, 우리나라의 마음이잖아요. 두 사람의 마음이 한국산이면 된 거 아니에요? 그리고 일본 실 회사에도 전화하세요. 니들이 사죄하는 의미로 맨날 이 실 공짜로 좀 보내라고. 그러면 될 것 같은데요."

거기 모인 1,000명의 학생들이 목도리를 짠 학생들에게 아낌없이 따뜻한 박수를 보내줬고, 그 마음 충분히 알겠다고 얘기를 해주었습니다.

그랬더니 이 학생들 눈에 눈물이 글썽글썽해요. 우리들의 박수가 지지가 되고, 힘이 되었을 거예요.

그럴 때가 있습니다. 정말로 온 마음을 다했지만 아주 작은 것 하나 때문에, 다른 사람들이 어떻게 생각할까 하는 마음 때문에 힘겨워하고 고민할 수 있습니다. 하지만 막상 부딪치고 이야기해보면 사실 진심이 통하지 않는 일은 세상에 별로 없다고 생각합니다.

그래서 지금 이 순간에도 조그마한 실수가 있을 수 있지만 진심을 다해서 자기 길을 만들고 있는 모든 우리들에게 온 마음을 다해서 제가 말씀드릴 수 있습니다.

"당신은 충분히 잘하고 있습니다."

"제동씨, 걱정하지 마세요.
나 어제 일도 잘 기억 안 나요"

누구에게나 위로와 격려와 지지와 사랑이 그리고 사람이 필요합니다. 저역시 그러합니다. 제가 간절하니 다른 이들도 간절할 것이라는 생각, 이제야 문득 스칩니다. 위로, 격려, 지지, 사랑 그리고 사람을 담아 여러분께 드립니다. 늘 여러분이 옳습니다.

- 2011. 6. 29. 트위터

막 불안하고 약간 힘들고 그럴 때 누군가에게 왈칵 예기치 않았던 위로와 격려를 받을 때가 있습니다. 제가 전에 서울에서 토크콘서트를 했는데요. 처음 오는 분들이 대부분이지만, 두 번 세 번 오는 분들도 있으세요.

매년 주제를 바꾸면서 전국을 돌고 하는데, 사실 매회 주제를 바꾸기는 어렵습니다. 그래서 같은 공연을 여러 번 보러 오는 분들에게 제가 "고맙지만 부담스럽기도 하다"고 농담을 합니다.

어떤 50대 어머님이요. 제가 인터뷰를 하다가 "어머님, 몇 번째 오셨어요?" 그러니까 작년도 오고 두세 번 오셨대요. 그래서 제가 그랬어요.

"아이고, 저 부담스러워서 어떻게 해요? 내용 다 기억나실 거 아니에요?"

그랬더니 어머님이 활짝 웃으시면서 말씀하세요.

"제동씨, 걱정하지 마세요. 나 어제 일도 잘 기억이 안 나요."
어머님이 그렇게 말씀해주시던 순간에 사람들도 굉장히 많이 웃고, 저도 굉장히 많이 웃으면서 마음이 편안해지는 것을 느꼈습니다. 어머님의 마음속 깊은 곳에서 우러나오는 본능적인 배려인 거죠.

마치 우리 어머님들이 아이 얼굴을 매일 보면서도 매일 즐겁고, 매일 좋듯이 그렇게 저를 봐주시는 눈빛을 읽을 수 있었거든요.

**사람은 그런 게 있어야 사나봅니다.
맞아요. 거창한 것 필요 없어요.**

진보가 사람을 살리는 것도 아니고, 보수가 사람을 살리는 것도 아니고, 좌가 사람을 살리는 것도 아니고, 우가 사람을 살리는 것도 아니라고 저는 확신합니다.

그렇게 아무 이유 없이 사람을 감싸주는 본능적인 배려가 우리 안에 다 있거든요. 어린 시절, 제 입안 가득 황도 복숭아를 넣어주시던 엄마의 모습이 떠오를 만큼, 저를 푸근하고 편안하게 해주신 50대 어머님이셨어요. 우리에게는 그렇게 황도 한 숟가락을 가득 떠서 누군가의 입에 넣어줄 수 있는 능력이 다 있습니다. 저는 그렇게 생각합니다.

'내가 그럴 능력이 되나?' '나도 그냥 그렇게 사는 데, 뭐.'

그런 마음이 드는 것도 이해합니다. 하지만 그런 사람들일수록, 약한 사람들일수록 더 강한 사람들보다 더 약한 사람들에게 훨씬 더 강력한 치유와 공감의 메시지를 보낼 수 있다고 생각합니다.

"살맛나는 세상을 만들겠다"는 정치인의 화려한 이야기보다 그 어머님의 말씀이 제게는 따뜻한 봄볕 같았습니다.

모든 걸 떠나서 우리, 서로의 상처와 두려움을 함께 치유해나갈 수 있고, 우리 각자가 그런 치유자가 될 수 있다는 사실을 잊지 않았으면 좋겠습니다. 약한 점을 드러내면 드러낼수록 실제로는 훨씬 더 강해진다는 것. 그런 생각을 한번쯤 마음에 새겨보면 굉장히 마음이 편해질 때가 있더라고요.

여러분, 가끔 마음이 약해져도 너무 걱정하지 말고, 마음껏 드러내고 활짝 웃으면서 오늘 하루도 보냈으면 좋겠습니다.

혹시 어제 한 실수 때문에 '아, 왜 내가 그런 일을 했지' '아, 후회된다' 하시는 분들께 제가 한 말씀드리겠습니다.

"여러분, 저 어제 일도 잘 기억 안 나요. 그러니까 여러분, 괜찮습니다. 괜찮아요."

다 잘될 겁니다.

"어떤 인간이냐! 내가 똥 싸줄게, 그 집 앞에"

봄비, 토독토독. 사람, 토닥토닥. 그래야 맛이지. 그래야 꽃 피고, 그래야 사람 살지. 비는 땅에게 토독토독. 나는 나에게 토닥토닥. 내 안의 모든 나에게 아낌없이 토닥토닥.

- 2013. 3. 12. 트위터

제가 예전에 이사를 하고 반장 아주머니에게 인사를 드리러 갔어요. 그런데 이분이 평소에 저를 별로 안 좋아하셨던 모양이에요.

"연예인이시죠?"

벌써 표정과 말투에서 탐탁지 않아하는 게 느껴져요.

"예."

"김제동씨죠?"

"예."

"저는 연예인 잘 몰라요."

그런데 제 이름은 다 알고 있으세요. 참 희한한 일 아닙니까? 그러면서 이렇게 덧붙이시더라고요.

"앞으로 주차 좀 똑바로 해주시고요,
음식물 쓰레기 좀 똑바로 버려주세요."

"주차 똑바로 되어 있는 거 같은데요."

"네, 지금까지는 문제없는데 앞으로 똑바로 해달라고요. 그리고 방송에서 정치적인 이야기 좀 안 했으면 좋겠어요."

"방송에서는 제가 정치적인 이야기를 한 적이 없는데요. 언제 들으셨습니까?"

"아니, 방송 말고 행사 같은 데서요."

"제 행사에 오셨습니까?"

"아니, 그런 이야기가 들린다니까요."

"네, 알겠습니다."

제가 말로 싸워서는 누구한테도 지지 않지만 그날은 그냥 그렇게 대답하고 집으로 왔어요.

현관문을 열고 딱 들어갔는데 너무 분한 거예요. 그런데 그 분한 마음을 털어놓을 상대가 없는 거예요. 저는 혼자잖아요. 그때 이런 생각을 했어요.

외로버…

'이래서 사람은 누군가와 같이 살아야 하는구나!'

이럴 때 남자한테 전화를 하면 전혀 도움이 안 됩니다. 남자들은 어떤 얘기를 해도 결론이 똑같거든요.

"술 먹을래?"

이럴 때는 여자분에게 전화를 해야 하더라고요. 그래서 10년 넘게 제 코디를 하고 있는 승미(가명 아님)에게 전화를 했어요.

"내가 하도 억울하고 분해 가지고……."

진짜 너무 억울해서 말도 잘 안 나오더라고요.

"반장 아줌마가 나한테 앞으로 주차 좀 잘하고, 음식물 쓰레기 잘 버리라고……."

정말 딱 여기까지 얘기했는데 전화기 너머로 욕이 들려요.

"그 아줌마 돌았나, 미쳤나! 우리 오빠한테! 이씨, 죽을라고!"

그 말을 듣는 순간 억울하고 분한 마음이 이미 반은 내려갔어요. 그래서 제가 살짝 웃으면서 이렇게 얘기했어요.

"승미야, 그래도 너무 그러지 마라. 뭐 욕을 그렇게 하냐?"

"아뇨, 오빠. 이건 그냥 넘어갈 문제가 아니에요. 그 집 몇 호예요?"

그때 이미 화가 싹 다 내려갔어요. 이제는 상황이 역전됐어요.

제가 말리게 돼요.

"네가 몇 혼지 알면 뭐할래? 102호긴 한데."

그래도 살짝 일러주긴 했습니다.

"도저히 안 되겠어요. 오빠, 제가 지금 그 집 앞에 똥 좀 쌀라고요."

그 얘기를 듣는데 명치에 쌓였던 억울한 감정까지 싹 다 내려갔어요. 반장 아주머니가 문을 열고 나왔을 때 집 앞에 똥이 한 무더기 쌓여 있는 걸 상상하니까 카타르시스가 느껴지는 거예요.

반장 아주머니가 "에구머니, 이게 뭐야?" 그러면 승미가 가서 "왜요? 분리수거 하면 될 거 아니에요" 그러는 거죠.

이런 상상하면서 많이 웃기도 했고요. 덕분에 반장 아주머니를 만났을 때, 화가 나지 않고 계속 웃음만 나더라고요. 그래서 결국 그분하고도 친해졌어요. 물론 반장 아주머니는 이 사실을 몰라요. 제가 왜 웃었는지…….

살면서 나하고 싸운 사람 집 앞에 똥 싸주겠다는 사람, 그런 사람 한 명만 있으면 충분히 괜찮은 인생 같습니다. 저는 그렇더라고요.

"이런 생각 맛보아주세요"

제게 "산 좋아하고 채식하고 혼자 있으니 출가함이 어떠냐?"라고 물으셨
던 법륜 스님이십니다. "여자 보면 설레어서 안 된다"고 했더니 "그럼, 그래
라"고 말씀하셨습니다. 뭐죠, 이 기분은?

- 2011. 5. 26. 트위터

인간관계의 소통에 대해서 저도 고민을 가지고 있습니다. '왜 나
는 여자들하고는 얘기가 잘되는데 여자하고는 이야기가 잘 안 되
는가? 무엇이 문제인가?' 하는 의문을 갖고 있습니다. 또 상대를
웃겨야 하는데 웃지 않을 때 불안해지기도 합니다.
  그러다 소통에 관해서 제가 다시 생각하게 된 계기가 있었습니

다. 제가 템플스테이를 4박 5일 정도 한 적이 있어요. 거기 참석했을 때 법륜 스님께서 자꾸 저보고 출가하라고 말씀하셨죠.

"제동씨는 가만히 보면 선지가 있어요. 번뜩이는 재치가 있고, 누가 안 시켜도 어렸을 때부터 고기를 안 먹었고, 산을 좋아하고, 혼자 살고, 그럴 바엔 들어와서 우리하고 같이 사는 게 어때요?"

그래서 제가 강력히 반발했습니다.

"저는 아직 여자를 보면 가슴이 뜁니다.
그래서 출가할 수 없습니다."

그랬더니 스님께서 이러십니다.
"여자를 좋아하면서 출가를 하면 돼요."

그런데 스님의 말씀보다 훨씬 더 충격적이었던 것은 앞에 있던 여학생들의 반응이었습니다. 장가도 안 간 남자 연예인이 출가를 권유받으면 입에 거품을 물고 말리는 것이 상식 아닌가요? 아무도 말리지 않았어요. 곁에 있던 모든 사람들이 하나같이 박수를 치며 환호를 보냈어요.

어쨌든 마음을 정리해야겠다 싶어서 4박 5일간 절에 있었는데, 제 마음속에 가장 와 닿았던 일이 하나 있었습니다. 음식을 준비하고 온갖 일을 돌보아주는 것을 거기서는 '바라지'라고 그러는데요. 바라지하러 오신 분이 무릎을 꿇고 앉아서 음식을 놓고 설명합니다.

"이 나물은 봄에 어디에서 자란 나물이고, 뭘 넣어서 데쳤고, 들기름을 썼으며……."

이렇게 쭉 설명을 하고 난 다음 마지막에 이렇게 말합니다.

"맛보아주세요."

우리가 잘 쓰는 표현은 아니죠? 우리는 흔히 "맛있게 드세요" 그럽니다. 우리 어머니들도 "맛있게 먹어라" 하시죠. 그래서 그게 궁금했습니다. 그런데 4박 5일 동안 묵언을 해야 하기 때문에 물어보지를 못했어요. 그러다 절을 나올 때 여쭤봤습니다.

"왜 '맛있게 드세요'라는 말 대신 '맛보아주세요'라고 말씀하십니까?"

"모든 사람이 부처라고 생각하고 정성껏 음식을 만드는 건 우리의 몫이고, 음식을 먹고 맛이 있느냐 없느냐 판단하는 것은 여러분의 몫이기 때문입니다. 그러니 거기에서조차 강요하지 않겠다는 의미입니다."

그때 제가 깨달은 것이 있었습니다.

'아, 그런 것이구나!'

사람과 사람을 연결하고, 자기의 불안 요소를 없애는 것도 사실은 '거기'에 있다고 생각합니다.

제가 말한 '거기'란 남의 평가에 지나치게 예민하게 반응하지 않는 것, 웃기는 말을 하고 싶을 때 내가 웃기다고 생각하면 과감히 뱉어내는 것, 웃고 안 웃고는 엄밀히 말하면 듣는 사람들의 영역이라는 것, 그래서 '왜 저 사람이 웃지 않을까?' '난 어떻게 해야 하지?' 하며 그 사람이 웃는지, 안 웃는지에 너무 마음을 뺏기지 않는 것, 나와 소통했으면 그걸로 끝난 것, 그런 것입니다. 그래서 조금 단순해질 필요가 있지 않을까? 하는 생각을 했습니다.

이런 생각 맛보아주세요.

그래, 그거면 된다

뭐라는 고냥?

예전에는 중고등학생들이 교복 입고 가방 메고 다니면서 욕하면 그게 귀에 거슬렸어요.

"신발끈, 존나, 담탱이 존나~"

우리가 상상할 수 없는 욕들의 조합이 나올 때가 있어요. 욕의 종류는 10대 때가 가장 다양하고 왕성하고 창의적입니다. 얼마나 희한한 욕들이 많은지 몰라요. 생판 처음 들어보는 욕입니다. 제가 지나가는데 이래요.

"아저씨, 존잘. 존잘."

들으면서 생각했어요.

'말미잘의 다른 말인가?'

'존귀하게 잘생겼다는 말인가?'

아저씨
존잘
존잘ー

"오우, 생각보다 존잘."

나중에야 정확한 뜻을 알았습니다.

예전에는 아이들이 욕하면 제가 그랬어요.

"욕 좀 그만해라. 그게 뭐고!"

이렇게 혼냈는데, 요즘은 아이들의 욕이 노랫소리처럼 들립니다.

"그래, 괜찮다. 뭘해도 니들 다 괜찮다."

세월호 이후로 동네에서 교복 입은 아이들을 보면 불러서 시비를 겁니다. 괜히 한번 웃겨주고 싶어서요. 제가 연예인이라서 좋은 점은 처음 본 아이들과도 편하게 얘기할 수 있다는 거예요.

"야, 어디 갔다 와?"

"자율학습 갔다 와요."

"그런데 표정이 왜 그래?"

"자율이 아니잖아요."

아이들이 사태의 핵심을 정확히 파악하고 있잖아요.

말은 자율이라고 하지만 실제는 그게 아니니까 싫은 거죠.

마음속으로 '아, 희망이 있구나'라고 생각했습니다.

중고등학생들을 보면 빵도 사주고 밥도 사주고 그럽니다. 옛날에는 '내 새끼 입에 밥 들어가는 것만 봐도 배부르다'는 말이 크게

와 닿지 않았어요. 그런데 요즘은 학생들에게 먹을 거 사주고 밥 먹일 때, 애들이 막 씹으면서 "아저씨, 맛있어요." "아저씨는 왜 안 드세요?" 하면, "야, 니들 먹는 것만 봐도 배부르다" 이런 말이 절로 나와요. 이제는 그 말이 무슨 뜻인지를 알겠더라고요.

어제는 제가 애들한테 우동을 사주면서 그랬습니다.

"오늘 계산은 내가 하고 간다. 대신 니들이 다 자랐을 때, 나는 늙고 병들고 그때까지도 혼자 살 확률이 높으니까, 아저씨 고독사 하기 전에 찾아와서 밥이나 한 그릇 사줘."

그랬더니 고등학교 1학년 애가 정말 진지하게 이러는 거예요.

"아저씨 결혼 안 하시면 저도 결혼 안 할 거예요."

그런 말 한마디로 사는 것 같아요.

그래, 여기 있어주면 된다, 그거면 된다.

(＊ 지나가던 수연, 수지가 원고를 읽고 제일 좋아하는 구절임. 아이들이 이름 넣어달라고 해서 출판사의 격렬한 반대에도 불구하고 전혀 맥락 없이 여기 넣었음. 보고 있나, 애들아?)

"넌 꿈이 뭐니?"

깊은 밤에 문득 내일이면 수능을 볼 너희 모습이 떠올랐어. 시험을 치르고 이 글이 고요한 위로가 되면 좋겠네. 애썼고, 고생했어. 많이 울고, 많이 불안했던 날들 잘 견뎌줘서 고마워. 오롯이 있는 그대로 너로 충분해. 이 말 꼭 전하고 싶었어. 밥 먹어.

- 2015. 11. 11. 트위터

제가 예전에 영어교육학과를 지원했다가 떨어졌는데, 꿈이 선생님이었어요. 그 꿈을 갖게 된 건 제 고등학교 때 은사님인 강동희 선생님의 영향이 컸어요. 칠판에 글을 '착' 쓰시고 분필로 칠판을 '딱' 때리시고는 손을 '후' 부시는 모습이 서부의 총잡이 같아서 멋있어 보였거든요. 그 모습뿐만 아니라 수업을 통해서도 제게 많은 영향을 끼치셨어요.

강동희 선생님은 국어 담당이셨는데, 수업시간에 논설문이 나오면 "쉬는 시간에 너희들끼리 싸우는 거 있지? 그게 다 논설이야. 내가 가르칠 게 없어. 너희들끼리 토론해." 연설문이 나오면 "이건 들어, 선생님이 가르쳐 줄 수 있는 게 아니야." "시, 이거야말로 우리가 얘기해봐야 할 주제야." 이렇게 말씀하셨어요. 마치 영화 「죽은 시인의 사회」에 나오는 키팅 선생님 같았죠. 그보다는 좀 우악스럽긴 하셨는데 감수성이 있으셨죠.

20년이 훨씬 지난 일인데도 선생님이 수업시간에 유리왕의 「황조가」를 칠판에 적으며 하셨던 말씀이 기억납니다.

'펄펄 나는 저 꾀꼬리 암수 서로 정다운데.'

"여기에 밑줄 그어. 꾀꼬리 두 마리가 날아. 둘 다 암놈일 수도 있고 둘 다 수놈일 수도 있는데 암수로 보인다는 건 더럽게 외롭다는 얘기야. 화자의 정서가 그대로 묻어나 있어. 너무 외롭다는 의미야. 그런데 꾀꼬리는 주로 암수가 날아. 그건 알아야 해."
'외로워라 이내 몸은 뉘와 함께 돌아갈꼬.'
"'외로워라 이내 몸'에 밑줄 그어. 그렇게 많은 신하들이 있는데도 왜 외로워? 사랑하는 사람이 떠나고 혼자 돌아오는 길은 권력도 아무 소용없고, 이렇게 다 외로운 거야."

그러면 시詩가 네 줄인데, 모두 밑줄을 긋게 됩니다. 이때 선생님이 그러셨어요.

"자, 네 줄 모두 밑줄을 그었지? 시는 말이야, 한 줄도 버릴 게 없어."

그 시절에 시에 대한 감수성을 배운 것 같아요. 선생님이란 직업이 멋있다는 생각도 하게 된 거죠. 그때부터 누군가 저에게 "꿈이 뭡니까?"라고 물으면 "선생님이요"라고 대답했어요.

누구나 다 자신의 가치관이 있고, 결국 어떻게든 자기가 원하는 방향대로 나아가는 것 같아요. 제가 선생님이 되진 않았지만, 마이크를 들고 사람들 앞에서 이야기하는 꿈은 이룬 것처럼요.

사실 제가 아이들을 만날 때, 가장 부러운 것은 꿈꿀 수 있는 자유입니다. 아이들은 세상에 두려울 게 아무것도 없죠. 그래서 "넌 꿈이 뭐니?" 이렇게 물어보면 각양각색의 대답이 나옵니다. 한 아이는 "하늘을 나는 게 꿈이에요"라고 합니다. 제가 뭐라고 할 수 있을까요? "그래, 열심히 해봐라" 하죠. 스파이더맨이 꿈이라는 아이도 있습니다. 그걸 어떻게 말립니까? "그래, 열심히 해라" 하죠. 그 아이는 혼자 저쪽으로 가서 벽을 탑니다.

저는 그런 게 진짜 꿈이라고 생각해요. 아이들 덕분에 저도 꿈을 꾸게 되었어요. 아이들의 꿈에 달린 날개를 꺾지 않고, 꿈을 지켜주는 대안학교를 만들고 싶다고요.

자신의 꿈을 숨기지 않고 이야기할 수 있어야 한다고 생각합니다. "내 꿈은 스파이더맨이야"라고 자신 있게 얘기할 수 있어야죠. 진짜 그렇게 될 수 있다고 믿고, 내 꿈을 누군가에게 이야기할 수 있는 용기가 지금 우리에겐 필요합니다.

세상을 바꾸고 싶다는 꿈도, 그렇게 털어놓으면 시원하잖아요. 물론 안 바뀌어도 큰 문제없어요. 같이 꿈을 꾸는 것만으로도 충분히 행복하잖아요. 그러다보면 조금씩 바뀌기도 하겠죠.

아이들의 꿈을 응원하고, 아이들이 가지고 있는 걸 그대로 놓아두는 것. 우리 어른들이 줄 수 있는 가장 큰 선물이 아닐까 싶어요. 아이들에게 "너 뭐 되고 싶어?"가 아니라, "너 뭐하고 싶어?" 이렇게 물어봐주세요. 저는 아이들이 함께 꿈꾸고 어깨동무하는 그런 학교를 꼭 만들고 싶어요.

**내 아이도 행복하고,
내 아이의 친구도 행복한 학교,
그런 세상이 되었으면 싶어서요.**

잠깐만 멈춰서 지켜봐주세요

함께 날아갈 준비가 되어 있습니다. 자유로운 바람처럼. 때론 슬프지만 흩날리는 비처럼. 착한 사람들의 봄처럼. 우리 함께!

- 2012. 3. 26. 트위터

어렸을 때 추억이 문득 떠올라서 참 행복하고 좋았던 기억, 누구에게나 있을 거라고 생각합니다. 저는 어렸을 때 농촌에서 학교를 다녔는데, 학교에서 집까지 되게 멀었어요.

집에 가다가 제일 기분 좋을 때가 언제였냐면 볏짚이 높게 실린 경운기를 만나서 걸어가는 척하다가 그 뒤에 스윽 따라붙어서 매달려갈 때예요. 볏짚이 위로 높게 쌓여 있으니 앞에서 경운기 운전하는 아버님이 저희가 뒤에 매달린 줄도 모르고 쭉 가신다고 생각했죠.

그런데 희한하게도 경운기를 운전하는 아버님들이 비탈진 곳을 가거나 턱이 있으면 평소보다 속도를 늦춰주세요. 저희가 집 앞에서 살짝 뛰어내릴 때쯤에는 "조심해라!" 그러시거든요. 모르실 거라고 생각했지만 아버님은 우리가 뒤에 매달려 있던 것을 다 알고 계셨던 거죠. 그런 기억들을 떠올리면 문득문득 참 마음이 따뜻해질 때가 있습니다.

살면서 나만 뒤처진 것 같을 때,
스스로를 몰아붙이거나 질책할 때가 많죠.
"삶의 속도를 더 높여라" 하면서
막 다그치기도 하고요.

문득 그런 생각이 듭니다. 누군가 경운기 뒤에 매달려오면 말없이 배려해주시던 아버님의 마음처럼요. 우리가 원하는 만큼, 우리가 생각하는 만큼 빨리 따라오지 못해도 기다려주자고요.

가끔 비탈길을 만나면 잠깐씩 멈춰 서서 자기 마음속에서 들려오는 소리에 조금 더 집중해주면 좋겠다고요. 나를 열심히 따라오고 있는 내 안의 다른 모습들을 너무 질책하지 말고 조금씩 속도를 늦추어서 그 안에 있는 나와 함께 가면 좋겠다. 나를 좀더 기다려줬으면 좋겠다. 그런 생각이 듭니다.

인디언들은 말을 타고 달리다가 가끔씩 멈춰 서서 뒤를 돌아본다고 합니다. 왜 그런가 했더니 "나의 영혼이 잘 따라오고 있는지 뒤를 지켜보는 것"이라고 합니다.

우리도 인디언들처럼 내 안에 있는 내가 잘 따라오고 있는지, 또 내가 원하는 속도는 적절한 것인지 한번쯤 뒤돌아보면 좋겠습니다. 오늘 저도 탁구 치고, 오락하고, 책 읽고, 뒹굴뒹굴 마음껏 좀 놀았습니다.

급하게 가려던 마음, 잠깐만 멈춰보세요. 경운기를 운전하시던 아버님처럼 우리 뒤에 매달려 있는 불안과 괴로움, 우울함, 이런 아이들도 잘 따라올 수 있도록 배려해주고 지켜주는 그런 날들이 되면 좋겠습니다.

**내 안에 있는 다른 나도
인정받을 자격이 충분한
또다른 내 모습들이니까요.**

속눈썹 사이로
무지개를 만드는 시간

나무는 수백 년 동안 가만히 있어도 불안해하지 않잖아요.

인간이 그렇게 살 수는 없겠지만

아무것도 안 하는 시간을

스스로에게 허용해주면 좋겠다는 생각이 듭니다.

살면서 가끔 그럴 때 있으시죠? 저는 그렇거든요. 혼자 정처없이 길을 걷거나, 혼자 집에 가만히 있으면 '이런 시간이 무슨 의미가 있을까?' '뭐라도 생산적인 활동을 해야 하지 않을까?' 이런 강박이나 압박을 느낄 때가 있습니다.

그러다 몇 년 전에 신영복 선생님의 『감옥으로부터의 사색』을 읽었어요. 책을 읽으니 선생님이 계신 학교에 가서 공부해보고 싶다는 생각이 들어서 편입했어요. 그분이 계신 성공회대학교에 가서 많이 놀았지요.

신영복 선생님은 22년 동안 감옥에 계셨지만 한 번도 누군가를 가혹하게 비난하거나 "내가 이렇게 피해를 받았다"고 하소연하신 적이 없어요. 그게 존경스러웠어요. 그분이 그러시더라고요.

**"사람은 말하는 것보다
생각하는 시간이 중요하고,
생각하는 것보다
아무 생각도 안 하는 시간이
정말로 중요한 순간이다."**

제가 선생님께 여쭤봤어요.

"선생님도 가끔 멍 때리는 시간이 있으세요?"

그랬더니 선생님께서 그러셨어요.

"그럼요, 오늘 아침에도 그랬어요. 가만히 쏟아지는 햇살을 보면서 속눈썹 사이로 무지개를 만들어봤습니다."

그 표현이 너무 멋있었어요. 노교수님의 얼굴에서 풍겨나오는 웃음도 그렇고, 선생님의 모습을 상상하니 정말 멋있더라고요.

우리도 살면서 그런 시간이 필요한 것 같아요. 아무 생각 안 하고 그냥 가만히 햇살을 바라보고, 가만히 앉아 매미 소리를 듣는

시간. 그 시간이 어쩌면 무언가 하는 시간보다 더 소중한 시간일 수 있겠다. 그런 생각을 해보았습니다.

어떠세요? 가만히 어디 앉아서 나무 사이로 스며드는 아침햇살을 바라보고, 속눈썹 사이로 무지개 한번씩 만들어보시죠.

온전히 나만을 위한 시간, 무엇에도 쫓기지 않는 시간, 그 순간만이라도 오롯이 행복하셨으면 좋겠습니다.

오늘 저도 한번 해보려고요. 그런데 제 속눈썹 사이로 무지개가 만들어질지 모르겠습니다.

흐흐흐.

"취업 언제 할 거니?"
그만 좀 물어보세요!

후욱~ 하고 숨 한번 몰아쉬기 힘들 정도로 무언가 꽉 막혀 있는 것 같은
느낌이 들 때가 있어요. 저는 그럴 때 있더라고요. 여러분도 그럴 때 있으시
죠? 그럼 우린 동지예요.

- 2012. 7. 19. 트위터

"저는 지금 스무 살 백수인데요……."

스무 살 청춘이 이런 질문을 해도 되냐며 조심스럽게 물었어요.

"고등학교를 졸업하고 난 뒤에 아르바이트를 좀 하긴 했는데 뭐
하고 싶은지는 아직 못 찾았거든요. 주변 어른들이 '너는 왜 취직
을 안 하니?' '앞으로 뭐할 거니?' 물어볼 때마다 뭐라고 대답해야
할지 몰라서 그냥 죄인처럼 고개를 푹 숙이곤 해요. '왜 그 나이까

지 아무것도 안 하냐' '젊은 애가 왜 놀고 있냐'고 은근히 압박을 하니까, 그게 고민이에요."

마흔이 넘었지만, 사실 저도 늘 불안하고 계속 흔들려요. 누군가 저에게 "너 왜 그러고 다니냐?" "앞으로 어떡할 거냐?"고 충고하면 참고할 수는 있겠지만, 저를 휘두르도록 놔두고 싶진 않아요.

그리고 이제 스무 살인데 뭘해야 할지 모르는 게 당연한 거 아닌가요? 아무것도 안 하면 아무 쓸모가 없는 사람입니까?

그냥 있으면 안 되는 건가요? 저는 그래도 괜찮다고 생각해요.

미래의 주인공인 젊은이들에게 어른이라는 이유 하나만으로 이래라저래라 말할 권리는 없는 거잖아요. "우리 땐 이랬는데, 우리 땐 저랬는데" 하면서 청년세대를 답답해하고 한심해하는 분들이 더러 있어요. 그런데 우리도 20대를 되돌아보면 막막하고 힘들었던 때가 있었잖아요. 20대의 고민은 당사자들이 가장 치열하게 하고, 가장 잘 아는 거죠.

그러니까 "너 요즘 아무것도 안 하고 뭐하냐?"고 말하는 건 폭력이라고 생각해요.

제발 젊은이들에게 "언제 취업할 거냐?"
"왜 취직 안 하냐"고 묻지 마세요.

그건 저한테 "너 왜 그렇게 생겼니?"
이렇게 묻는 거랑 똑같아요.
확 와닿으시죠?

그걸 어떻게 말하겠어요. 어른들이 그렇게 말할 자격을 가지려면 청년들이 스무 살이 넘었을 때, 재깍재깍 취직이 잘되는 사회로 만들어놓든지요.

어렵게 직장에 들어가도 최저시급이 만 원도 안 되는 월급에 전부 다 인턴을 만들고, 취직을 시켜줄듯이 일만 시키다가 결국 직원 안 뽑는다고 내쫓잖아요. 사람들이 양심이 있어야 할 거 아니에요.

그러니까 진짜 어른은 가만히 있다가 "너 뭐할 거냐?" 툭툭 물어보는 사람이 아니라, 청년들이 일자리가 없어서 힘들어할 때, 일을 하다가 뭔가 불이익을 당했을 때, 벌떡 일어나서 "그거 너무 부당한 거 아냐?"라고 말해주는 사람이 아닐까 싶어요.

마지막으로, 우리 청년들에게 한마디 전하고 싶습니다. 안 해도 되는 걱정과 인사는 건네지 않겠습니다. 힘내시라는 얘기도 하지 않겠습니다. 힘들 때 힘내라는 말이 때로는 폭력적이고 쓸데없다는 것을 잘 아니까요.

다만 여러분을 진심으로 응원하겠습니다.

하고 싶은 일을 하고 있나요?

"하고 싶은 일이 중요한지, 잘하는 일이 중요한지 고민이 됩니다."

한 20대 청년이 제게 이렇게 물었어요.

우리 이런 고민 대부분 다 하잖아요. 제가 이 질문을 받고 혼자 웃었는데, 제 고민과 같아서 그랬습니다. 마흔이 넘어도 똑같은 고민을 해요. 하고 싶은 일, 잘하는 일, 구분하기가 쉽지 않죠. 다만 세상의 모든 짐승들이 그렇듯이 자신의 호구지책 정도는 마련할 수 있어야 합니다. 그리고 삼시 세끼 먹는 게 해결되면 일주일에 이틀 정도는 내가 좋아하는 일을 할 수 있는 시간을 나 자신에게 줘야 해요.

제가 강의를 하다보면 목소리가 막 갈라질 때가 있어요. 힘이 드는 거죠. 그래서 하기 싫을 때도 있는데, 하다보면 역시 즐거워요. 저를 보고 좋아하면서 웃어주니까요. 가끔은 저도 제가 별로 마음에 들지 않을 때가 있는데, 저를 좋아해주시니 얼마나 좋아요. 감사하죠.

이렇게 하기 싫은 일도 하다보면 정이 붙기도 해요. 반대로 내가 정말 하고 싶은 일이었는데, 하다보면 싫증이 날 때가 있어요. 그러니까 한 1년 정도는 내가 하고 싶은 일, 잘하는 일 이런 거 생각하지 말고 '아, 이거 한번 해보자' 해서 좋고 싫고를 떠나 한번 해보는 것도 괜찮을 거 같아요.

내가 하고 싶은 일, 잘하는 일이 무엇인지를 모를 수도 있어요. 그럴 땐, 나에게 쉬는 시간을 주는 게 필요하다고 생각해요. 우리는 그런 휴식시간을 낭비라고 여기잖아요. 쉬어도 마음이 편하지 않죠.

'이거 내가 이렇게 막 쉬고 놀아도 되나?'

하루 열심히 일하고 들어와서도 조금이라도 쉬면 뭔가 불안하고 무엇인가 자꾸 해야 할 것 같고, 쫓기는 느낌이 들고, 쉬어도 쉬는 게 아닌 것 같고, 이런 느낌이 들 때 있으시죠? 저는 그렇거든요. 집에서 TV를 보거나 소파에 누워서 뒹굴뒹굴하다가 갑자기 벌떡 일어나요. 뭐라도 해야 한다 싶어서 한자책을 펼쳐요. 그러다가 다시 TV를 봐요. 그래서 놀지도 못하고 공부도 못해요.

여러분, KBS「동물의 왕국」 보신 적 있으시죠? 거기 보면 사자가 나오잖아요. 우리가 TV에서 보는 사자는 늘 초원을 뛰고 맹렬하게 달려들어서 사냥을 하는데요. 편집돼서 그렇지, 사자의 모습은 그게 전부가 아니에요. 사실 사자는 대부분의 시간을 자면서 보내거든요. 쉬면서 놀면서 그렇게 보내죠.

초원의 왕 노릇을 하기 위해서 사자는 많이 쉬고 놀고 있는 거예요. 사자가 진짜 멋있는 이유는 초원에서 배를 깔고 누워서 뒹굴뒹굴할 수 있기 때문이죠. 그만큼 강하다는 거니까요. 저는 그렇게 생각합니다.

사람은 쉴 수 있어야 하고, 마땅히 쉬어야 하고, 힘들 땐 스스로를 쉬게 해줘야 한다고 생각해요. 나를 쉬게 해주고, 나를 위로할 줄 알고, 쉬는 나를 용납해줄 수 있는 것. 저는 나 자신을 잘 보듬어주고, 쉬는 순간에는 온전히 쉬어주는 것이 다른 무엇보다도 꼭 필요한 능력이라고 생각합니다. 열심히 일하는 것 물론 중요하죠. 하지만 긴 시간을 쉬어도 쉰 것 같지 않은 우리에게 쉼을 허락해주는 것. 저는 그것만큼 더 소중한 일은 없다고 생각합니다.

여러분, 마음껏 쉬시고 마음껏 노세요. 그런다고 어디 잘못되지 않습니다. 조금만 더 쉬고 우리 조금만 더 놀아봅시다. 그러다보면 일도 더 잘하게 될 거라고 저는 생각합니다.

여러분, 좀 놀자!
예!

"그게 다 너지, 뭐"

트위터에서는 절제되고 다듬어진 저만을 표현하는 글을 쓰는 듯해요. 저 터프하고 욕도 제법 하는 상남자인데. 그냥 그렇다구요. 여러분도 가끔 그런 고민하세요? 지킬과 하이드 중 누가 진짜 나일까? 둘 다 존중받을 가치 있겠죠? 분명히.

— 2013. 2. 15. 트위터

차를 타고 가다보면 앞차에 '아기가 타고 있어요' 이런 스티커가 붙어 있는 걸 볼 때 있잖아요. 그럴 때마다 멈칫멈칫하는 저를 발견하게 되고, 저뿐만 아니라 그 차 뒤에서 조심하는 차들을 보면 이런 생각이 듭니다.

어디서 읽은 얘기인데요, 그 차에 조폭이 타고 있어요, 아니면

285

검사장이 타고 있어요, 국무총리가 타고 있어요, 대통령이 타고 있어요, 그러면 사실 속으로 '뭐야, 어쩌라고?' 이런 생각 들 수도 있겠지만 '아이가 타고 있어요.' 그러면 조심하고 싶지요. 그리고 멈칫하게 되고. 어떻게 보면 우리 마음속에 다 있는 생각이지요.

그런데 착한 마음이나 누군가를 돕고 싶은 마음이 들 때, 문득 또 이런 생각도 들어요.

'내가 좀 가식적인가?'

제가 몇 년 전, 수해복구 현장에 봉사활동을 간 적이 있어요. 그때 많은 분들이 동참해주셨는데요, 이튿째 되는 날 한 여학생의 표정이 어둡더라고요. 그 전날엔 표정이 아주 밝았거든요. 제가 물어봤어요.

"무슨 일 있어?"

"죄책감이 들어서요."

"봉사활동을 하는데 왜 죄책감이 들어?"

"사실은 제가 어제 자원봉사하고 저녁에 친구들이 하도 가자 그래서 클럽에 다녀왔거든요. 낮에는 어려운 사람들 돕고, 밤에는 클럽 가서 막 놀고 이러니까 제가 너무 이중적인 인간 같았어요."

충분히 그런 느낌이 들 수 있어요. 우리 살면서 그런 경험 많이 하잖아요. 예를 들면, 지하철 안에서 어르신에게 자리 양보해드리고 나서 되게 뿌듯했다가 집에 돌아와서는 똑같은 어른인 엄마하고 싸우고 나면 내가 뭐하는 인간인가 싶을 때가 있죠.

'내가 이중적인가?'

'이런 나와 저런 나를 가려서 보여주고 있는 나는 누구인가?'

마음속에 일어나는 이중적인 생각, 괴로운 일들, 아마 그런 경험 다 있을 거예요. 제 경우를 들면 그런 거죠. 제가 엄마하고 화해를 못 했는데, 여기저기 다니면서 다른 가족의 고민을 듣는다면 모순된다고 할 수 있잖아요. 그런데 그건 별개의 문제라고 생각해요. 그건 제 가족의 문제고, 또 제가 남의 가족 문제를 해결해주러 다니는 건 아니니까요.

그래서 여학생에게 이렇게 말했어요.

"클럽에 갔다가 낮에 봉사활동까지 했으면 죄책감을 느껴야 할 게 아니고, 부지런한 거 아닌가. 난 그런 것 같은데?"

그제야, 활짝 웃어요.

굉장히 부지런하잖아요. 봉사도 하고, 놀기도 하고. 사실은 저도 비슷한 감정을 느낍니다. 강연 후 집에 가서 책 읽고, 성경책 읽을 땐 괜찮은데 좀 야한 영화를 보고 있으면, '내가 좀 인간이……' 그런 생각이 들 때가 있어요.

그런데 성인이라면 야한 영화를 볼 수도 있고, 재미난 일도 하고 살아야죠. 어떻게 인간이 매일 의미 있는 일만 하고 살겠습니까.

문득 그런 생각이 듭니다. 너무 의미에만 얽매이지 말자. 그렇다고 재미있는 일만 찾아다니면 삶이 공허하고. 의미 있는 일만 하면 재미가 없지요. 좀 지루해질 때쯤 재미있는 일을 하고, 재미있는 게 허무할 때쯤 되면 의미 있는 일을 살짝 한번 하는 거죠.

그래서 일주일에 한 번씩 교회를 가잖아요. 재미있게 놀다가 가서 "예수님, 저 용서해주실 거죠?" "예수님, 저 봐주실 거죠?" 그러면 친절하게 말씀하시잖아요.

"봐줄게."

어쩌겠어, 생명인데

넌 혼자가 아니야. 늘 사람들 속에 있으면서도 늘 사람이 그리웠나봅니다. 혼자가 아니라는 노랫말이 이토록 사무치게 저에게 들리는 걸 보면요. 여러분께도 해드리고 싶었습니다. 반말이지만 봐주세요. "넌 혼자가 아니야!" 여러분도 그럴 때 있으시죠?

- 2011. 11. 26. 트위터

제게도 인생 목표가 있습니다.
욕 작살나게 먹고 집에 들어갔을 때 누구에게든
"아유, 고생했다" 한마디 듣는 거예요.

그게 제 인생의 목표인데, 지금은 집에 들어가면 길고양이 한 마리가 마당에 앉아 있습니다.

제가 고양이 진짜 싫어하거든요. 너무 무서워요. 세상에 제일 싫어하는 게 쥐고, 그다음이 고양입니다. 희한하죠?

어느 날 제가 집에 혼자 있는데 너무 아팠어요. 웬만하면 그냥 버티는데 진짜 누구한테라도 전화하고 싶더라고요. 그런데 막상 전화할 데가 없는 거예요. 너무 아파서 진짜 '119에라도 전화를 해볼까?' 이런 생각을 했는데.

혹시 또 '김제동 국민 세금 함부로 낭비' 이런 기사라도 뜰까봐 못했거든요. 그래서 거의 기다시피 해서 혼자 물수건을 짜서 머리에 얹었는데, 아이고, 눈물이 막 나는 거예요.

그렇게 누워 있는데, 저희집 조그만 마당이 눈에 들어와요. 거기에 고양이 한 마리가 네 발을 뻗치고 늘어져 있더라고요. 제가 아픈 몸을 간신히 일으켜 세워 저보다 고양이를 잘 아는 만화가 강풀에게 전화를 걸었습니다.

"고양이 한 마리가 우리집 마당 마루에 늘어져 있다."
"배고파서 그래."

"살쪘는데?"

"살찐 게 아니라 부어서 그래. 쓰레기통 뒤지고 염분 많은 음식 먹어서."

"그런데 고양이가 침을 흘리고 있다."

그랬더니 걔가 그래요.

"형, 그 고양이 아픈 거야."

"그럼, 이거 어떻게 해야 하냐?"

"어쩌겠어, 생명인데. 사료 사다 줘봐."

참 희한하죠? 그 고양이 상태를 이야기하면서 제가 아픈 걸 잊어버렸던 거 같아요. 진짜 움직일 힘도 없었거든요. 제가 그 고양이를 보고 한참 울었다니까요. 싫기는 싫은데, 아직 무서운데, 너무 안돼 보이는 거예요.

'어쩌겠어, 생명인데' 그 말 한마디가 걸려서 고양이 사료를 사러 나갔어요. 사료를 사가지고 와서는 문을 열고 나가기가 겁나서 발을 한쪽만 마당에 두고 혹시라도 다가올까봐 이렇게 말했어요.

"저리 가, 이놈아."

길고양이들은 아무리 아파도, 밥을 줘도 "하악~" 이런 소리를 가끔 내요.

'내가 밥을 너와 나누어 먹고 있는 것이지,
너한테 얻어먹는 것은 아니다' 하는

존엄을 끝까지 잃지 않습니다.

사실은 먹고 기운 내서 제발 좀 다른 데로 가라고 밥을 준 건데, 다음 날에는 두 마리가 오는 거예요. 그것도 아침저녁으로. 그래서 제가 요즘 얘들 밥 주고 있어요. 무서우니까 한 발만 밖으로 빼가지고 "야, 소리 지르지 마, 밥 주잖아" 그러면서 빨리 문 닫아요. 그러면 밖에서 "사각사각" 먹는 소리가 들려요.

여전히 고양이는 무섭고 싫지만 사각사각 먹는 소리는 싫지 않아요. 혼자서 '인도주의가 별거냐' 하면서 고양이가 싫고 무서운데도 사료를 주고 있어요. 적당히 거리를 두면서. 그런데 이 녀석이 조금씩 다가오더라고요. 고양이는 먹고, 저는 그 모습을 보면서 담배 피우고 그래요.

길고양이가 사각사각 사료 먹는 소리를 들으면서 생각하죠.

'겁나고 밉지만 밥은 주는 게 사랑 아닐까.'

누군가 제게 "평화가 뭐냐?"고 물어보면 이제는 말할 수 있을 것 같아요.

"싫어도 밥은 함께 나누어 먹는 것. 옳고 그름을 따지기 이전에 누군가가 주저앉아 울고 있으면 일단은 묻지 않고 함께 어깨를 걸고 우는 것. 누군가가 기뻐 웃고 있으면 그 옆에서 이유여하를 막론하고 '당신이 기쁘면 나도 기쁘다' 하는 것."

　고양이 밥을 주면서 이런 생각도 들어요. 지금 북한의 지도부가 하는 짓을 보면 마음에 안 들고 막 성질나지만 그래도 굶고 있는 애들 밥은 좀 줘야 하지 않을까. 아이들이 뭔 죄인가. 태어나보니 북한인데. 이따금 우리도 '내가 무슨 죄가 있어서' 하고 생각하지만 그래도 대한민국이니까 다행이잖아요.

　그런데 말이죠. 이 고양이가 중성화 수술을 안 해서 그런지
밥 잘 먹고 새벽 2시쯤 되면 막 울어요.
　"야옹야옹."
　그러면 저도 그 소리 듣고 방에서 같이 웁니다.　으허헝
　"어엉어엉."
　함께 울어주는 것, 이거야말로 공감의 최고봉이라고 생각해서요.

그럼에도 불구하고 좋겠다,
청춘이라서!

여러 가지로 힘든 청춘들에게 키다리 아저씨가 되고 싶은데, 제 키가 169라서 안 되겠지요. 그냥 아저씨라도 괜찮다면 끝까지 여러분을 응원합니다, 청춘, 아자!

- 2011. 8. 4. 트위터

"아프니까 청춘이다" 이런 말이 있죠. 저는 그냥 아픈 중년이에요. 앉으면 무릎이 아프고, 일어나면 허리가 아파요. 그래서 앉지도 서지도 못해요. 운동을 하면 해서 아프고, 안 하면 안 해서 아파요. TV를 켜놓으면 정신이 산란하고, 끄면 외로워요. 자야 할 땐 잠이 안 오고, 일어나야 할 땐 잠이 쏟아집니다. 어떻게 살아야하나 싶어요.

그런데 지금 우리 사회에서는 청년을 아프고 약하고 도와야 할 존재로 보는 일이 많죠. 정말 청년은 도움을 받아야 하는 존재일까요? 아니면 누군가에게 도움을 주는 존재일까요? 제 생각에 청년은 도움을 주는 존재입니다. 기본적으로 그렇습니다. 그 바탕 위에서 생각을 해야 합니다.

청년정책을 세우는 건 좋은데 청년을 적선을 베풀어야 하는 대상으로 생각하면 곤란합니다. 청년지원기금도 그 돈이 청년 활동의 기반으로 쓰이는 것뿐이지, 청년들이 도움이 필요한 대상이라서 운용하는 것은 아니에요.

어느 시대에나 청년은 도움을 받는 대상이 아니라 그 시대의 주체였어요. 청년들이 만들어가는 세상에 기성세대가 살게 되는 거예요. 따라서 앞으로 청년들은 인생의 선배니, 스승이니 하는 사람들의 이야기를 듣고 '아, 저렇게 살아야겠다' 하고 결정할 게 아니라, 청년들이 서로 대화하고 결론을 내면 됩니다.

청년들의 손으로 이 나라와 민족을 설계하고, 저 같은 사람들이 돕겠다고 하면 "당신이 무슨 힘이 있다고 그러십니까. 그냥 편히 쉬세요"라고 말해야 합니다. 그래서 꼰대들을 정면으로 거부해야 합니다.

20대들이 저에게 자주 묻는 얘기가 있습니다.

"40대로서 20대에게 해주고 싶은 얘기가 있습니까?"

제가 "욕이 한마디 들어가 있는데 해도 되냐?"고 되물었더니 괜찮다고 하길래 해주고 싶은 말을 해줬습니다.

"그럼에도 불구하고 너희는 좋겠다, 이 자식들아!"

"좋겠다" "부럽다" 사실 그거밖에는 없습니다. 청년들이 힘들지 않다는 게 아니고, 그럼에도 불구하고 청년들은 동정받아야 될 대상이 아니라 어깨에 탁 힘주고 걸어갈 수 있는 훌륭한 젊은이들이다, 그런 얘기를 해주고 싶어요.

"정말이지, 통일은 대박"

저보다 앞서 인생을 살아오신 어르신들은 세대적 자부심이 있습니다. 60대, 70대, 80대 우리 어머님, 아버님들은 산업화 시대를 이루어냈잖아요. 독일에서 간호사로 광부로 일했고, 신발공장에서 가발공장에서 일하면서 오늘의 산업을 일군 공로가 있습니다. 그 다음 40대, 50대 세대는 군사독재를 무너뜨리고 민주화를 이루어 낸 세대적 자부심이 있습니다.

**지금 10대, 20대들에게는
세대적 자부심이 보이지 않죠?**

그건 그 세대의 잘못이 아니라, 그렇게밖에 살 수 없도록 만들어놓은 어른들의 잘못입니다. 예를 들면 초등학교 6년, 중학교 3년, 고등학교 3년 내내 들어왔던 말이 "시키면 시키는 대로 해라" "모난 돌이 정 맞는다" "웬만하면 따라가라" "앞에 나서지 마라. 손해 본다"였잖아요. 그래놓고 스무 살이 딱 되면 창의적인 인재가 되라고 그럽니다. 갑자기 어떻게 창의적인 인재가 될 수 있습니까? 시키면 시키는 대로 하라고 그래놓고. 가만히 있으라고 그래놓고.

지금의 10대, 20대에게도 희망이 있습니다. 한반도가 생긴 이래 가장 큰 일을 이룩해낸 세대로 이 땅의 역사에 기록될 만큼 아주 큰 비전이 있습니다. 바로 산업화 세대, 민주화 세대를 아우르는 통일 세대가 될 수 있습니다.

뜬금없이 웬 통일이냐 싶죠? 지금 경기침체가 장기화되는데 돌파구를 못 찾고 있잖아요. 청년들이 일자리가 없잖아요. 2000년대를 전후해 빠르게 성장한 브라질·러시아·인도·중국의 공통점이 뭔지 아세요? 인구가 7,000만 이상이라 내수만으로도 경제를 이끌어갈 수가 있다는 겁니다. 자립 경제가 가능하다는 얘기죠.

남북이 통일하면 8,000만에서 1억 이상의 인구를 바탕으로 한 내수경제가 확보됩니다. 일본이나 서구 열강들처럼 다른 나라를 침략해 기반을 넓혔다는 도덕적 비난을 받을 필요도 없어요. 통일 비용은 어떻게 하냐고요? 지금 전쟁에 대비해 쏟아붓고 있는 비용으로 충분합니다.

박근혜 대통령께서도 "통일은 대박"이라고 기가 막힌 표현을 하셨죠. 그 말씀에 깊이 동의하고 지지합니다. 그런데 대통령의 말씀에 동의하지 못하고 "통일이 무슨 이득이냐?"고 묻는 분들이 있습니다. 통일, 당연히 이득이 많죠. 직장이 훨씬 늘어날 것이고, 게다가 남남북녀잖아요. 결혼율도 높아질 수 있습니다.

또 삶의 스케일이 달라질 거예요. 지금 30대 부부들이 싸우고 나면 맨날 집 앞에 나가서 맥주 마시는데, 통일이 되면 집 나와서 택시 잡고 "대동강 근처로 갑시다" 하고 올라가서 대동강 맥주 한잔 마시고 올 수도 있어요.

그리고 아이들이 가출하면 다른 동네에나 가는 정도지만, 통일이 되면 백두산으로도 가출할 수 있잖아요. 거기까지 가서 도戀라도 닦아올 수 있는, 그 정도 스케일이 되지 않겠어요?

일단 우리 영토가 넓어지면 스트레스가 분명히 줄어들 겁니다. 좁은 데서 복작거리지 않으니까 정신적인 폭이 넓어질 거예요. 여러분의 환갑잔치는 우리나라에서 KTX 타고 평양을 거쳐서 블라디보스토크를 거쳐서 런던에 가서 한번 해봐야 할 거 아닙니까? 생각만 해도 짜릿하지 않습니까? 아이들이 기차를 타고 유럽으로 수학여행 가는 나라, 멋지잖아요. 그러면 우리가 상상하는 범위,

즉 우리 인생의 범위 자체가 완전히 넓어질 거예요.

영화감독들이 모인 자리에서 이런 얘기를 했더니 제 친구인 한 감독이 그러더라고요.

"제동씨 이야기 들어보니까 드디어 중국 대륙으로 도망가는 영화를 꿈꿀 수 있겠다."

지금까지는 영화에서 누군가 밀항을 하면 도착지가 전부 일본이잖아요. 대륙으로는 북한이 막고 있으니까요. 그런 지리적 한계가 우리의 인식까지 제한해온 거죠. 자기 몸의 몇십 배 거리를 뛰는 벼룩을 유리상자에 한동안 가둬놓으면 나중에 유리상자 밖을 나와서도 유리상자 안에서 뛰었던 거리밖에 못 뛴다고 합니다.

우리나라는 70년 동안 섬 아닌 섬이었으니 평생 그렇게 살아온 세대에게는 통일 대한민국의 모습이 상상이 안 되는 게 당연합니다. 이제 그 한계를 뛰어넘어보자고요.

저는 백두산 천지에서 청춘콘서트를 연다면 진짜 신날 것 같아요.

이렇게 통일은 대박인데, 통일을 위해서 제일 먼저 무엇을 해야 할까요? 정전협정체제를 평화협정체제로 빨리 전환해야 합니다. 이건 저만 하는 얘기가 아니라, JTBC「비정상회담」에 나왔던 외국인들이 했던 이야기이기도 합니다. 기억나시죠?

"한국 사람들은 참 이상하다. 우리도 빨리 평화협정을 체결해야 한다고 생각하는데, 이렇게 전쟁의 위협이 있는 데서 태평하게 살 수 있을까?"

이런 말을 외국인들이 하더라고요.

우리 헌법 제4조 그리고 헌법 전문에도 나와 있어요. '평화적 통일에 입각해서 정책을 실행해야 한다'고요. 하나 더 추가하면 1972년에 7·4 남북공동성명의 정신에 입각해서 자주적으로 민족의 대단결을 목표로 해야 합니다. 이건 남북이 합의한 거예요. 그것도 누가 했느냐? 박정희 전 대통령께서 하신 겁니다. 그 정신을 이어받자고요. 이거는 괜찮겠죠? 박정희 전 대통령의 정신을 이어받자고 한 거니까요. 그렇게 평화 운동으로 나아가야 합니다.

그다음 남북 기본합의서 정신에 충실하자는 겁니다. 남북 사이의 화해와 불가침 및 교류, 협력을 논의한 기본합의서는 보수 정권에서 해낸 겁니다. 그리고 진보 정권의 햇볕정책까지, 이 두 가지를 모두 계승하자는 거예요. 그러면 정통성을 확보할 수 있잖습니까.

제가 강연에서 '통일은 대박'이라고 하니까, 어떤 분이 이런 질문을 했습니다.

"그럼, 통일은 어떻게 해야 할까요?"

그래서 제가 그랬습니다.

"그건 우리가 다른 집에 물으면
안 되는 거 아닐까요?
그건 마치 '우리집 청소를 어떻게 해야 할까요?'라고
딴 집 주인한테 물어보는 것과 같잖아요."

우리집 청소는 내가 해야죠. 그렇잖아요. 미국이 주도하는 통일
을 하면 통일대한민국은 미국의 영향력 안에 있을 것이고, 중국이
주도하는 통일이 되면 중국의 영향권 안에 있을 수밖에 없죠. 이렇
게 통일되면 통일됐다고 말할 수 있을까요?

그런데 우리가 지금 평화통일 운동을 시작해서 20년 내에 통일
을 남북한 주민들의 열망으로 이뤄내면 어떨까요? 통일의 효과가
극대화될 수 있습니다.

지금 미국의 힘은 제자리걸음이고, 중국의 힘은 상승세잖아요.
지금 두 나라 모두 동북아를 완전히 압도할 만한 힘을 가지고 있지
않다는 거예요.

현재 미국이 6, 중국이 4 또는 미국이 7, 중국이 3 정도 되지 않
을까 싶어요. 지금의 추세를 보면 중국의 힘은 점점 더 강력해질
것 같고, 미국이 동북아시아에서 갖는 영향력은 조금씩 낮아질 확
률이 높아요.

미국도 중국도 완벽한 힘의 우위를 갖지 못할 때, 우리가 주도적
으로 통일을 하면 캐스팅보트를 쥘 수 있어요. 미국도 우리와 협력

해야 동북아시아에서 영향력을 확보할 수 있고, 중국에게도 우리의 힘이 필요할 테니까요.

그때는 우리가 주머니에 손 딱 찔러 넣고, 미국하고 이야기할 때도 "알았다. 잘 생각해볼게. 우리가 결정할게. 대외 문제에서는 미국 니들 정책에 협조해줄게. 그러나 국내 문제에 대해서는 간섭하지 마라" 할 수 있겠죠. 그런 걸 자주적 한미동맹이라고 합니다.

중국에 가서는 "알았다. 잘 생각해볼게" 하고, 조금만 수틀리면 "이런 정책은 미국 편들 수가 있다. 그러면 니들 곤란해진다. 잘 생각해라" 그러는 거죠.

통일대한민국을 만들어서 딱 버티고 서 있으면 전 세계 누구도 우리나라를 함부로 건드리지 못합니다.

이제 우리 아이들이 자주적으로, 전 세계 어떤 나라도 건드리지 못하는, 작지만 강한 나라를 만들 수 있는 초석을 우리 어른들이 닦아줘야 하지 않을까요? 무엇보다 아이들을 위해서, 청년들이 큰 꿈을 갖고 일할 수 있도록 말이죠.

그런 나라가 만들어지면 저는 제 아들이 열아홉 살이 됐을 때 이렇게 말할 겁니다.

"너는 독립해. 나가. 더이상 지원 없어. 넌 니 인생 살아. 백두산에 가서 일을 하든, 금강산에 가서 일을 하든."

그러나 제 딸은 제 목숨이 붙어 있는 한 얘가 원하는 모든 걸 해줄 겁니다. 어떤 수를 쓰든. 왜 그러냐고요? 뭔가 미안할 거 같아서요. 잘은 모르겠지만 제 딸에게는 그냥 좀 미안할 것 같아요.

**자세히 얘기 안 해도 여러분이 다 제 말을 이해를 하고,
웃는 게 훨씬 더 기분 나쁘지만,
평화를 위해서 제가 참도록 하겠습니다.** 참자...

"너랑 봐서 좋았어"

일상의 위대함을 아시나요?

우리는 특별하기를 바라지만

사실 평범한 일상이 그렇게 소중한 겁니다.

밥 잘 먹고, 똥 잘 누고, 잘 자고.

우리가 일상다반사라는 말을 하는데,

이 다반사茶飯事가 차 마시고 밥 먹는 일이거든요.

인생에서 그게 핵심이란 얘기예요.

아무것도 아닌 것 같지만

내가 좋아하는 사람 이야기, 내 친구 이야기는 재미있잖아요.

그렇게 속내를 털어놓고, 자기감정을 확인받고,

그걸 나누면서 함께 즐거워지는 거죠.

밥이 있어도 먹지 못하고,

무슨 얘기를 들어도 귀에 들어오지 않고,

밤이 돼도 잠 못 드는 이들이 있습니다.

그분들을 잊지 말아주십시오.

"잊지 않는 것이 무슨 의미가 있느냐?"고 물으신다면
의미는 없습니다. 의미 없어요.

다만 사람이니까 그러는 겁니다. 사람이니까.

제가 트위터나 페이스북 이런 거 잘 안 하는데요. 그냥 가끔씩
눈으로만 읽어요. '눈팅'이라고 그러대요. 여러분도 가끔 그럴 때
있으시잖아요. 제가 눈팅을 하다가 누군가 영화 평점을 캡처해서
올려놓은 걸 보았는데, 평점이 10점이더라고요. 평점이 왜 10점
인가 봤더니, 이유에 이렇게 적혀 있었어요. 아주 단순했습니다.

"너랑 봐서 좋았어."

이 글을 쓴 사람이 여자분인지, 남자분인지는 모르겠지만 그걸
쓸 때 그분의 표정, 그분의 마음, 이런 것들이 아주 깊이 느껴지더
라고요. 얼마나 좋았으면 이렇게 썼을까 싶더라고요.

그리고 가만히 생각해보니까 아마 이 글을 쓴 사람은 자신의 말
을 상대방에게 전하진 못했을 것 같아요. 그 사람에게 낯뜨겁게 적

은 것이 아니라 문득 자기 마음을 적었으니 이렇게 보는 사람의 마음마저도 움직일 수 있지 않았을까 싶어요.

누군가에게 전달하지 못하고 있었던 그 마음 어디서든 불쑥불쑥 튀어나오게 되고요, 또 그런 진짜 마음이 단순한 힘을 가진다고 생각합니다. 단순한 것이 힘이고, 단순한 것이 진리일 때가 많지요.

이리저리 머리를 굴려서 논리를 만들어내고, 또 내가 왜 이렇게 되었는지 생각해보는 건 나중 일이고요. 내 마음속에 문득 떠오르는 생각들, 그런 것들이 정말로 힘있고 진짜일 거란 생각이 듭니다.
"너랑 봐서 좋았어."
이 말처럼 저도 누군가에게 그런 사람이 되면 좋겠고, 여러분에게도 그런 사람이 있었으면 좋겠습니다.

어떤 영화를 봐도 평점 10점을 줄 수 있는 그런 사람, 어떤 일을 겪어도 함께 있으면 좋았을 그런 사람을 잃어버린 사람들이 우리 곁에는 너무 많이 있습니다.
그 사람들과 함께 영화를 봐주고 일상을 공유해주고…… 우리가 그들에게 작은 위로라도 될 수 있었으면 좋겠습니다. 우리가 그런 사람이 될 수 있다면 좋겠습니다.
광화문에서, 팽목항에서 이제 어떤 영화를 봐도, 어떤 일을 겪어

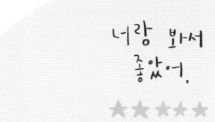

★★★★

도 옆에 없는 사람들 때문에 힘겨울 그들을 위해 여러분이 함께 영화를 봐주시고, 밥을 먹어주시고, 그들의 일상에서 그들의 빈자리를 채워줄 수 있었으면 좋겠습니다.

제가 그리고 여러분이 그랬으면 참 좋겠습니다.
저와 여러분이 그랬으면 좋겠습니다.

상상할 수 없는 고통을 당한 이들에게 끝없는 위로를 퍼부어주십시오. 그렇게 해주십시오. 그리고 평점 10점짜리 영화를 늘 보시는 여러분이 되길 깊이깊이 기도하겠습니다.

"우리가 너희를 잊지 않을게"

리멤버 2014. 4. 16.

- 2015. 4. 15. 트위터

제가 가장 감동적이라고 생각하는 성경 말씀이 있어요.

"여인이 제 젖먹이를 잊을 수 있느냐?

제 몸에서 난 아기를 가엾이 여기지 않을 수 있느냐?

설령 여인들은 잊는다 하더라도 나는 너를 잊지 않는다."

'나는 너를 잊지 않는다' 이 말이 뭐가 그렇게 감동적이냐고요?

아닙니다. 잊히지 않아야 살 수 있다고 저는 생각합니다.

안산에서 한 아이가 학교 가는 길에, 학교 반대 방향으로 뛰었

그들을 위해, 우리를 위해
천만 개의 바람이 되어주세요,

습니다. 늘 그래왔던 것처럼, 학교에 같이 가던 아이의 집 방향으로 뛴 겁니다.

그 집 앞에서 이름을 불러도 친구가 나오지 않을 때, 친구가 나올 수 없다는 사실을 깨달았을 때 느끼는 아픔. 우리가 그 마음을 조금이나마 헤아려주어야 하지 않을까요?

아이가 계속 친구의 집으로 뛰어갈 때 "정신 차려라"라고 얘기하는 것이 아니라, 그 아이와 함께 친구의 집으로 뛰어가줄 수 있어야 하지 않을까요?

예전에 사고로 아들을 먼저 하늘로 떠나보낸 아버님이 그러시더라고요.

"아들이 간 지 꽤 오래됐는데도 가슴이 너무 아프고 아픈 가슴을 툭툭 치면 아직도 걔가 여기서 나올 것 같습니다."

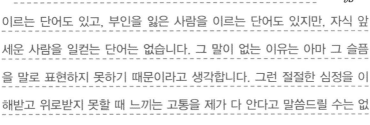

양친을 잃은 사람을 이르는 단어도 있고, 남편을 잃은 사람을 이르는 단어도 있고, 부인을 잃은 사람을 이르는 단어도 있지만, 자식 앞세운 사람을 일컫는 단어는 없습니다. 그 말이 없는 이유는 아마 그 슬픔을 말로 표현하지 못하기 때문이라고 생각합니다. 그런 절절한 심정을 이해받고 위로받지 못할 때 느끼는 고통을 제가 다 안다고 말씀드릴 수는 없겠지요. 다 안다고 하면 거짓말일 테니까요.

제가 어렸을 때 시골에서 자라서 그런 걸 봤거든요. 송아지를 먼저 팔면 어미 소나 아비 소가 밤새도록 웁니다. 몇 날 며칠을 계속 울어요. 그냥 우는 것이 아니고 막 애가 끊어질 듯이 웁니다.

그러면 송아지를 팔았던 삼촌이나 동네 아저씨가 그다음 날 아침에 담배 하나 피워 물고 더 정성껏 소죽을 끓였고, 영문도 몰랐지만 동네 아이들은 그 소 앞에 가서 지푸라기를 내밀었고, 왠지 모를 죄책감을 함께 느끼며, 소의 눈을 오래 바라보고 어루만졌던 기억이 납니다.

어떤 이웃도, 어떤 사람도 "저 소 새끼 왜 우냐"고 타박하지 않았습니다. 하다못해 소에게도, 짐승에게도 그랬습니다. 적어도 그 소가 울음을 멈출 때까지 기다렸어요. 기한은 우리가 정하는 것이 아니고 유가족의 슬픔이 멈추는 날, 그때까지여야 한다고 생각합니다. "그만해라"라는 얘기는 맞지 않다고 생각합니다.

기한은 정해져 있습니다.
유가족의 슬픔이 끝날 때까지입니다.
저는 그렇게 생각합니다.

지금 가장 필요한 것은 우리의 마음을 모아주는 것이고, 함께 아파하고, 절대로 그분들에게서 멀어지지 않겠다는 걸 기도와 서명으로써 표시해주는 것입니다. 그것이 우리가 할 수 있는, 또 그분들과 이 땅에서 함께 살아가며 할 수 있는 가장 큰일이라고 생각합니다.

내가 정말 힘들면 그때는 반드시 누군가가 와서 나를 도우리라는 믿음, 저는 그것을 심리적 복지라고 말하는데요. 슬플 때 혼자 있지 않다, 내가 힘들 때 혼자 있지 않다, 내가 그런 사람이면 내 옆에도 반드시 그런 사람이 있다, 그런 게 저는 진짜 복지라고 생각합니다.

**그들을 위해, 우리를 위해
천만 개의 바람이 되어주세요.**

내일은 이랬으면 좋겠습니다

이념이 아닌 사람입니다. 사람이 사람에 대한 예의를 잃었을 때 힘을 합쳐야 하는 이유는 그것만이 나를, 또다른 나인 우리를 존엄하게 만들기 때문입니다. 함께 맞는 비를 기다립니다.

- 2012. 6. 25. 트위터

제가 어렸을 때, 저희 마을에 술 취한 아버지가 밤새 아이들을 때리고 괴롭히는 집이 있었어요. 그 집 아버지가 잠깐 집을 비우면 동네 아주머니들이 누가 먼저랄 것도 없이 먹을 것을 챙겨가서 그 집 아이들을 먹이곤 했어요.

"너희 아버지 오시기 전에 어서 먹어라. 너희가 무슨 죄니."

그 집 아저씨가 술 먹고 남의 집에 돌 던지고, 가만히 있는 이웃들에게 시비를 걸고 소란을 피워도 동네 사람들은 그 집 애들이 밥을 굶을까 걱정했어요. 다 내 자식 같으니까요. 다들 가난했지만 그렇게 서로 보살피면서 살았어요.

그런데 지금은 그런 확신이 없으니까 '내가 만약 해를 당하면 누가 나를 도와주지?' 하는 생각이 들면서 불안한 거잖아요.

누군가 어두운 길을 걷다가 위험에 빠져 소리를 질렀을 때, 그 동네 집들 창문에 불만 켜져도 범인이 도망간답니다. "무슨 일이야?" 하고 직접적으로 나와서 싸우지 않아도 "누군가 지켜보고 있다" "여기 사람이 있다"는 것만 알려줘도 범죄가 일어날 확률이 현저히 줄어든다고 하네요.

결국 우리 사회의 위험과 불안을 줄이는 일은 누군가 어두운 길을 걷거나 도움을 요청할 때, 함께 불을 켜주고 여기 사람이 있다는 걸 알려주는 게 아닐까? 문득 그런 생각을 한번 해봤습니다.

**내 아이가 행복하려면 내 아이 친구도 행복하고,
내 아이의 선생님도 행복하고,
내 아이 친구의 부모도 행복해야 합니다.**

무조건 그래요. 그건 100퍼센트입니다. 나만 행복해서는 안 되더라고요. 세상이 다 이어져 있습니다.

예를 들어 내 아이가 길거리를 가다 누구한테 무슨 일을 당할지 모르는 세상이라면 어떻게 행복을 보장할 수 있겠어요.

혼자만 행복해서는 안 된다는 사실을 알게 되었다면 이제 함께 행복할 수 있는 방법을 찾아야 합니다. 내가 보호받고 존중받는 만큼 나도 남을 보호하고 존중하는 것이 더불어 살아가는 사람으로서의 의무이자 책임일 테니까요.

내가 누군가의 불빛이 되어줄 때 또다른 누군가가 나의 불빛이 되어주는 것. 그것이 우리를 안전하게 하고 행복하게 한다고 생각합니다.

나무 홀로 있지만 숲을 만드는 이.

새 홀로 날갯짓을 하지만 함께 먼 길을 떠나는 이.

사람 홀로 있는 듯하지만 늘 이어져 함께 있어야 행복한 이.

나무로, 새로, 사람으로,

그저, 있는 그대로의 소중하고 당당한 순간.

지금 행복하시길!

부록
·······

성주
사드 연설
전문

사드 연설 전문입니다. 깁니다. 지루하고 말도 뒤죽박죽입니다. 하지만 진지합니다.(수정 안 된 내용이라 반말도 있으니 주의하세요!)

반갑습니다. 아이고, 날이 억수로 덥지요. **(네!)** 더운데 다들 고생 많습니다. 제 말투를 들어보니까 외부 사람은 아닌 거 같죠. **(네에!)**

사회 보시는 이재동 선배님이 제 고등학교, 달성고 5년 선배입니다. 저 영감쟁이, 요새 억수로 고생이 많습니다. **(으흐흐)** 억수로 반갑습니다. 저는 고향이 경북 영천이고, 여서 차 타고 한 45분 갑니다. 그래가지고 우리 엄마는 아이고~ 맨날 엄마는 안 보러오면서 성주는 가나, 그랬는데.

옆에서는 제 얼굴 잘 안 보이죠, 거가 좋은 자리입니다. **(와하하!)**

얼굴 안 보이는 데가 좋은 자립니다. 여기 있는 애들한테 박수 한번 보내주시기 바랍니다.

(북소리 **둥둥둥둥!!!!**) 하, 북 좀 그만 치소. 힘들겠다. 그래 북쳐가 우얄라꼬 하노. 제가 여러분께 와가지고 말씀드리고 싶은 거 크게 많이 없고요. 제 얘기 길게 들어봐야 아이고~ 여러분, 날 더운

데 우야겠습니까.

(한 어머님 달려와 참외를 쥐여주심) 아이고, 이거 뭐고? 잘 먹겠습니다. 오전에 경매 끝났죠? 아직 남아 있구나. 가져가서 잘 먹을게요.

오늘 여러분 진짜로 많이 만났습니다. 고등학교 5년 선배도 만났고, 고등학교 6년 선배도 만났고, 뒤에서 보니까 결혼식 피로연 때 내가 사회를 봐준 부부가 있대. 그 부부도 만났고, 억수로 많이 만났어요.

(또다른 어머님 달려와 얼음물을 건네주심) 하이고, 물하고 억수로 가져다준다.

(이어서 한 아버님 달려와 김제동 등에 얼음을 넣어주심) 아이고, 더울 기라고 뭐 뒤에 넣어주고 난리다.

저는 그렇게 생각합니다. 우선 첫째, 여기 계신 어머니, 아버지들, 애들이 날 더운데 아스팔트 바닥에 나와 있도록, 이렇게 나와 있도록 한 사람들이 책임을 져야 됩니다.

첫번째 국가안보라는 것은 무엇인가. 헌법 제1장 1조를 보면 이렇게 되어 있습니다. '대한민국은 민주공화국이다.' 네, 공화국의 뜻이 뭘까요? '함께 쌀을 나누어 먹는 나라다.' 이것이 민주공화국의 원래 뜻입니다. 그러니까 사람들이 편안하게 쌀을 나누어 먹지 못하고, 밥을 나누어 먹지 못하고, 아스팔트 위에 앉아 있도록 만들어놓는다면 헌법 제1조 1항 위반입니다. 위헌입니다.

그다음 헌법 제1조 2항에 보면 이렇게 나와 있습니다. '대한민국의 주권은 국민에게 있고, 모든 권력은 국민으로부터 나온다'. 이렇게 되어 있습니다. 1조 2항입니다. 그 말은 무슨 말이냐. 헌법 전체를 통틀어서 '권력'이라는 단어는 제1조 2항에 '국민에게 있다' 이렇게 딱 한 번만 얘기하고, 나머지에는 '권력'이라는 단어가 우리 헌법 전체에서 단 한 번도 나오지 않습니다. 전부 다 '대통령의 권한', '국회의 권한', '행정부의 권한', '사법부의 권한' 이렇습니다. 그래서 권력을 가지고 있는 사람들은 오로지 국민에게만 있고, 나머지는 모두 권한, 즉 국민이 가진 권력을 위임받은 사람들이다.

그래서 다시 한번 얘기하면 대한민국에 헌법 제3조 '대한민국은 한반도와 그 부속도서를 영토로 한다.' 즉 다시 말해서 한반도와 그 부속도서에서 살고 있는 국민은 한반도와 그 부속도서에서 일어나는 일, 즉 다시 말해서 대한민국에서 일어나는 모든 일에 대해서 말할 권리를 가진다. 그러므로 성주의 문제에 관해서 외부인이라는 것은 있을 수가 없다. (다시 박수 소리, 짝짝짝 염원을 담고 있는 박수라 길게 이어짐) 왜냐하면 대한민국의 문제이기 때문에 그렇습니다. 모두 헌법을 기반으로 말씀드리고 있는 겁니다.

대한민국 헌법 제2조 대한민국 국민이 되는 요건은 법률로 정한다. 즉 다시 말해서 여기 있는 모든 사람들은 법률적으로 대한민국 국민이다. 1조 1항에 의거해서 법률에 의해서 대한민국의 모든 결정되는 사항에 권력을 가지고 있는 대한민국 국민이라는 것이 대한민국 헌법 제1조 1항, 헌법 2조, 헌법 3조에 나와 있습니다.

그런데 여기에 대해서 너희들은 이야기하지 말라고 하면 1948년에 좌우, 보수, 진보를 막론하고 우리 할아버지, 할머니들이 제정해놓으신 헌법 정신 자체를 근본적으로, 정면으로 반대하는 겁니다. 그럼 헌법에 반대하는 사람들을 뭐라고 하느냐. 우린 '빨갱이'라고 합니다. 그래서 여러분은 기죽을 필요가 없다. 왜? 여러분이 주권자, 권력을 가지고 있는 사람들이기 때문에 이야기할 수 있는 것입니다. 그래서 대한민국 모든 국민들은 성주 시민과 함께 마음을 합칠 수 있다.

그다음, 외부세력은 어떤 것이 외부세력이냐. 만약에 주민등록이 성주로 되어 있지 않은 사람을 모두 외부세력이라고 이야기하면, 대통령도 여기 성주로 주민등록이 되어 있지 않고, 국무총리도 주민등록이 여기 성주로 되어 있지 않고, 국방부 장관도 주민등록증이 여기 성주로 되어 있지 않다면, 그들이 성주의 일에 관해서 이야기할 자격이 없다. 즉 다시 말해서 그들이 외부세력이라는 것을 증명하는 것이나 다름이 없다.

그리고 이야기를 조금 더 하면 진짜 외부세력이 어딘지를, 무엇인지를 살펴봐야 됩니다. (왕하나!)

(카메라에서 얼굴이 잘 안 보이니까 사회자가 김제동을 뒤로 당김. 지켜보던 어머님들 (하하!) 크게 웃는다. 다시 앞으로 가는 김제동. 사회자가 웃으며 뒷자락을 당김) 이봐라, 선배가 끌면 어쩔 수가 없다.

진짜 외부세력이 누구인지를 살펴봐야 합니다. 여기에서 주민등록이 대한민국으로 되어 있는 대한민국 주권자들은 누구든지 한반도에 배치되는 무기체계에 대해서 이야기할 자격이 있다. 그런데 진짜 외부세력은 무엇이냐. 사드는 주민등록증이 대한민국으로 되어 있지 않습니다. 그래서 지금 현재 성주에서 외부세력이라고 이야기할 수 있는 것은 오로지 사드 하나밖에 없습니다.

지금 여러분은 외부세력을 배격하고 있는 것이지, 그런 논리로 따지자면 조선에 임진왜란이 일어났을 때 모든 의병장들이 경북 성주에서, 경북 영천에서, 전라도에서, 경상도에서, 충청도에서, 그러면 충청도에서 일어난 의병이 경북 땅을 지키고자 오면 그들을 외부세력이라고 할 수 있습니까. (아니요!) 그럴 수 없습니다. 왜냐하면, 대한민국의 일이기 때문에 그렇습니다. 임진왜란이 일어났을 때 외부세력은 누구였느냐. 백성들 전부 버려두고 강가에 가서 죽더라도 천자의 나라 명나라에 가서 죽겠다던 임금과 신하들이 외부세력인 것이지, 그때 일어났던 의병들은 단 한 번도 외부세력이었던 적이 없다, 이 말입니다.

그리고 우리 헌법 제10조, 행복추구권입니다. 모든 국민은 인간으로서 존엄과 가치를 지니고, 국가는 개인이 가지는 불가침의 기본적 인권을 확인하고 이를 보장할 의무를 지고, 모든 국민은 행복을 추구할 권리를 가진다. 헌법 제11조, 모든 국민은 법 앞에 평등하다. 대한민국에서 어떠한 특수계급의 창설도 인정되지 아니하고, 그 창설된 특수계급은 국민 위에 군림할 수 없다. 헌법 제11조입니다. 헌법 제12조, 모든 국민은 신체의 자유를 가진다. 이렇듯 정당한 헌법적 권리를 주장하는 것을 주권을 가진 국민들이 할 수 있는 가장 당연한 권리로 인식할 수 있어야 합니다.

헌법 제15조, 직업선택의 자유입니다. 여기 성주에서 참외를 키우고, 농사를 짓고, 여기 성주에서 공부를 할 수 있는 권리. 헌법 제21조, 집회와 결사, 표현의 자유, 즉 여러분이 하는 모든 일은 대한민국 헌법에 기반을 두고 있는 것이기 때문에 여러분에게 '빨갱이'라고 하거나, 여러분에게 '종북'이라고 하는 사람들은 반헌법적인, 그들이 말하는 프레임에 그들이 갇히고 있다는 것을 여러분이 똑똑히 알아두시면 됩니다. 그래서 여러분은 쫄 필요 없고, 기죽을 필요가 없다.

왜? 여러분은 1948년 보수의 핵심이던 이승만 전 대통령이 국회의장 시절에 제정한 그 헌법정신에 기반을 둔, 즉 다시 말해서 대한민국 헌법을 기반으로 활동하고 있기 때문에 기죽을 필요가 없다는 말씀을 드리는 겁니다. 얼마든지 이야기할 자격이 있습니다.

그래서 헌법 제11조, 12조, 13조, 14조, 15조, 헌법 제16조 주거의 자유, 대한민국 국민은 모두 자기가 원하는 곳에서 쾌적한 환경에서 생활할 권리가 있다. 헌법 제35조, 환경권입니다. 여러분은 헌법에 기반해서 활동하고 있다. 그러니 쫄지 말고 기죽지 마시라. 그리고 헌법 제37조 1항에 이렇게 돼 있습니다. '국민의 자유와 권리는 헌법에 열거되어 있지 않다는 이유로 경시되지 아니한다.' 즉 다시 말해서 헌법에 열거되어 있지 않다고 해도 대한민국 국민의 자유와 권리는 본질적으로 침해할 수 없다.

헌법 제37조 2항에 이렇게 되어 있습니다. '국가안전 보장, 질서

326

유지, 공공복리를 위해서는 국민의 자유와 권리를 부분적으로 제한할 수 있으나, 그렇게 하는 경우에도 국민의 본질적 자유와 권리의 내용은 침해되지 아니한다.' 이렇게 되어 있습니다. 저들이 주장하는 내용은 무엇이냐. 국가 안전보장을 위해서 여러분이 양보해야 되지 않느냐 하는 것입니다.

국가 안전보장은 무엇이냐. 국가란 무엇이냐. 헌법 전문에 이렇게 되어 있습니다. '유구한 역사와 전통에 빛나는 우리 대한 국민은, 즉 대한민국이 아니고 대한 국민은, 대한민국을 건설한 대한 국민이, 여러분이 대한민국의 주인이다.' 이렇게 되어 있습니다. 여러분이 대한민국의 주인입니다. 그리고 우리 헌법에 어떻게 보장되어 있느냐.

(김제동, 카메라에 다가가서 비켜달라는 손짓. 부득이하게 김제동 얼굴 클로즈업) 카메라 좀 이쪽으로 약간만 나와주세요. 여기 계신 분들 얼굴이 안 보여서. 찍는 것도 중요하지만 사람들 보는 게 중요해서. 억수로 고마운데, 뒷모습 찍어도 됩니다.

(김제동, 다시 중앙에 서서) 그래서~(뜸 들이는) 이자뿟다! 내 이야기하다가! 하하! 그렇게 되어 있습니다. 여러분, 국민의 자유와 권리를 주장하는 것은 (카메라 다시 김제동 가까이 다가옴) 아, 부담스럽다. 그래 찍으면 콧구멍밖에 더 나오겠나.

우리 헌법 전문에 어떻게 되어 있느냐. 유구한 역사와 전통에 빛나는 우리 대한국민은 3·1운동정신으로 건립된 임시정부의 법통을 계승하고, 불의에 항거한 4·19 민주이념을 계승하고, 그리고 그 목표가 무엇이냐.

이렇게 돼 있습니다. 헌법 제일 마지막에. 우리와 우리 자손의 안전과 행복을 영구히 확보하는 것이 우리 헌법의 목표입니다. 그래서 한 명의 국민이든, 4만 명의 국민이든 5만 명의 국민이든, 50만의 국민이든, 4,500만의 국민이든, 그 국민의 안전과 생명을 지켜내는 것이 대통령의 책무이고, 정부의 책무이고, 국가의 책무입니다.

그래서 우리 대통령 선서에 보면 이렇게 나와 있습니다. 대통령 선서 제일 첫 구절이, '나는 헌법을 준수하고, 국가를 보위하며' 이렇게 되어 있습니다. 헌법을 준수한다는 것은 어떤 것이냐. 헌법 정신에 투철하겠다, 그런 것입니다. 국가를 보위하겠다는 것은 무엇이냐. 국가 안에 있는 단 한 사람의 생명도 경시하지 않겠다. 4만 5,000의 생명도 경시하지 않겠다. 300명이 배에 탔든, 5,000명이 배에 탔든, 그 배에 탄 국민들을 버리지 않겠다. 그리고 4만

5,000의 국민을 버릴 수 있다는 것은 4,500만 국민도 버릴 수 있다는 것을 우리는 똑똑히 잊지 말아야 합니다.

그래서 아이들을 지켜내는 것, 단 한 명의 아이를 지키는 것이 국가를 지켜내는 것이고, 4만 5,000명의 성주를 지켜내는 것이 국가를 지키는 지름길이고, 여러분이 지금 지키고자 하는 이 평화는 한반도의 평화를 가져오는 날갯짓이 될 것이라고 저는 확신합니다. 그래서 성주뿐만 아니라, 한반도에 사드 배치를 반대하는 운동으로까지 나아갈 수 있는 것은, 우리 자손들의 안정과 안녕을 보장하려면 우리 한반도에 평화체제가 정착되어야 한다는 것입니다.

대통령께서, 국무총리께서, 국방부 장관께서 그렇게 이야기했습니다. 국방부 장관의 이야기부터 짚어드리겠습니다. "사드가 배치되면 그 앞에 가서 서 있겠다." 이렇게 얘기했습니다. 국방부 장관이 서 있어야 할 곳은 사드 앞이 아니고, 북한군 앞에 서 있어야 합니다. 북한군, 인민군 무력부장 앞에 서 있어야지. 백번 양보해도 우리 무기인 사드 앞에 서서 자기가 레이더를 가리면 설치할 이유가 뭐가 있습니까. 상식적으로 말이 안 되지 않습니까.

그다음 대통령께서 이렇게 말씀하셨습니다. "성주에 사드를 배치하는 게 아니면 대안을 제시해라." 이렇게 얘기하셨습니다. 대안을 제시하라고 하셨는데, 지금부터 대안을 제시해드리겠습니다. 그전에 한 가지만 짚고 넘어가겠습니다. 그런 대안 제시하라고 공무원들한테 월급 주는 겁니다.

그런 대안 제시하라고 대통령한테 월급 주는 것이고, 공군 1호기 태워주는 것이고, 해외 순방할 때 우리 세금 주는 것입니다.

그런 대안 제시하고 국민들을 불안에 떨지 않게 하라고, 사드 배치 같은 거 없어도 2014년 기준으로 전 세계 무기수입 1위인 우리나라면 충분히 북한 정도 되는 나라는 막아낼 수 있으니 걱정하지 말고, 생업에 종사하시라는 것이 국가의 목표 아닙니까. 그런데 뭐만 하면 미사일은 북한이 쐈는데, 나쁜 짓은 북한 놈들이 했는데 왜 피해는 우리가 봐야 되나, 이 말입니다.

뻑하면 종북이랍니다. 여러분도 이제 종북 소리 들잖아요. 하도 종북이라고 그래서 "나는 경북이다, 이 ××들아!" 그랬습니다.

그래서 다시 한번 말씀드리지만 저나 여러분이나, 저는 경북 영천 고경면 창하리 713번지에서 태어나서 육군 제3사관학교를 눈앞에 두고, 어렸을 때 꿈이 군인이었고, 제가 가장 즐겨 불렀던 노래가 「멸공의 횃불」 '멸공의 횃불 아래 ~♪ 목숨을 건다~♬' 멸공이 제 인생의 목표였던 사람입니다. 어렸을 때부터. 그런데 이런 사람한테 종북이라고 하면 곤란합니다.

여러분도 마찬가지 아닙니까. 평생 기호 1번을 찍었고, 평생 보수 대통령을 뽑았는데, 만약에 여러분이 종북이라면 여러분 손으로 뽑힌 자기들이 종북이라는 거 아닙니까. 말이 앞뒤가 맞아야 될 것 아닙니까. (맞아요! 맞아!)

여러분이 김일성 뽑았습니까. (아뇨!) 여러분이 김정일 뽑았습니까. (아뇨!) 여러분이 김정은 뽑았습니까. (아뇨!) 여러분, 대한민국 대통령 뽑았죠. (네!) 그런데 어떻게 종북이 될 수 있냐, 이 말입니다. 이렇게 질문 네 번만 왔다 가도 알 수 있는데. 제가 여러분 박근혜 대통령 찍은 게 잘못이라는 이야기를 하는 게 아닙니다. 더 사랑해주셔야 됩니다. 어떻게? 여러분이 원래 사랑했던 대통령의 모습으로 돌아올 수 있도록 하자. 제가 드리는 말씀은 그런 겁니다.

그다음 대안을 제시하라, 대안 제시해드리겠습니다. 대안 제시할 수 있죠. 왜 못하겠습니까. 지금 북한보다 국방비를 수십 배씩 쓴 지가 수십 년이 넘었습니다. 여러분의 참외 팔아서 낸 돈으로, 여러분의 소주 팔아서 낸 돈으로, 여러분의 애들 학교 다닐 때 낸 교육세로, 지방세로, 부가가치세로, 여러분이 나라에 전부 갖다 준 돈으로 헌법에 나와 있는 조세법률주의에 근거해서 여러분이 돈 다 냈지 않습니까.

그 돈으로 국방을 튼튼히 하라고 돈 냈는데, 어떻게 했느냐. 여러분의 아들들은 군대 보내고, 돈 많은 사람들의 아들들은 군대에서 빼죠. 여러분의 자식들은 다 군대 보내서 이 나라를 지켜내지 않았습니까.

여기 바로 영천에, 다부동 전투, 영천, 성주 낙동강 전선에서 북한군의 침략을 가장 열심히 막아냈던 곳이 경북입니다.

그런 사람들한테 이렇게 이야기하면 모욕이다, 이 말입니다. 여러분, 그런 모욕 받을 필요가 없다. 여러분은 대한민국 국민으로서 자격이 있고, 자유가 있으니 절대로 이야기하는 것을 두려워하지 마라. 우리 헌법 제19조 양심의 자유. 대법원에서 이렇게 판단을 내려놨습니다. '어떤 상황에서 옳고 그름을 판단함에 있어서 내가 이렇게 하지 않고서는 인간적 존엄과 가치를 실현할 수 없다고 생각되어질 정도로 절박한 양심의 소리'. 그런 자유를 대한민국 헌법이 보장하고 있으니, 여러분은 그런 양심의 소리를 내셔도 된다, 하는 이야기입니다.

그다음 대안은 이렇게 제시해야 합니다. 대안은 외교입니다. 사드를 배치할지 말지의 문제가 아니고, 어떻게 했어야 하냐면요, 중국에게는 이렇게 이야기해야 합니다. 지금 북한이 핵 쏘고, 미사일 쏘고 하니, 현실적으로 외교적으로 지금 북한한테 영향력을 행사

할 수 있는 것은 중국 니들 아니냐. 니들 하는 거 봐서, 니들이 계속 북한한테 영향력을 행사하지 않고, 북한 편만 들면 우리 사드 배치할 수밖에 없다. 그러니 니들 우리 생각 잘해봐라. 니들 하는 거 보고 배치할지 말지를 결정하겠다.

미국에게는 이렇게 이야기해야 합니다. 중국이 지금 북한한테, 북한 미사일과 핵을 감축시킬 정도로 외교적 영향력을 행사하겠다고 하니 그 상황을 지켜보면서 점점 사드 배치를 할지 말지 결정하자. 그래야 우리도 국민들하고 이야기할 시간이 있을 거 아니냐. 그러면 배치할지 말지 패를 우리가 들고 있을 수 있습니다.

그래서 미국하고 중국에게 그러면 너희들 어떻게 할래, 물어놓고 우리는 할지 말지를 우리 국민들하고 상의할 수 있고, 만약에 하게 되더라도 최대한 우리에게 유리한 방향으로 할 수 있게 되는 외교적 공간이 충분히 확보가 되어 있었다는 말입니다.

그런데 제가 이런 얘기를 외교부 사람이나 학자들 만나서 이야기하면 뭐라고 그러는지 아십니까. 전문대 나온 놈이 뭘 아나 그럽니다. 그래서 내가 그랬습니다. "전문대 나온 나도 안다, 이 ××야."

그러면 언론에 뭐라고 나오는지 아십니까. '김제동 성주시민들과 이야기하면서 욕설, ××야' 이런 것만 편집해서 내보냅니다. 그러니까 그런 것에 쫄지 마시고요.

외교적 역량을 더욱 발휘하고, 지금 21세기의 안보는 군사안보

만을 이야기하는 것이 아니고 경제안보, 외교안보, 군사안보까지
모두 합쳐서 하는 안보를 해야 합니다.

하다못해 고스톱을 치더라도 '고' 할지, '스톱' 할지 상대방이 겁
을 내게 하려면 내 패를 안 보여줍니다. 여러분, 고스톱 쳐봐서 알
지 않습니까. 근데 '고' 하겠다고 그러고, 패 다 까뒤집어놓으면 거
기서 두꺼비가 뭔 소용 있습니까. 패를 다 봤는데. 그렇게 해야 되
는 거 아닙니까. 그런 거 고민하라고 외교부 장관한테 월급 주는데
외교부 장관 사드 배치 발표 난 날 어디 가 있었습니까. 백화점에
옷 사러 가 있었습니다. 옷 사러 갔는지, 수선하러 갔는지 모르겠
지만. 하다못해 우리집에 선풍기 설치하러 온다고 해도, 에어컨 설
치하러 온다고 해도, 집안에 누구 한 명은 남아 있습니다. 월급 받
았으면 월급 값을 해야 될 거 아닙니까.

와, 김제동, 쵝오다! 김제동이 제일 나은 거 인자 알았습니까.

그래서 제가 여러분께 드리고 싶은 말씀은 언론에서 하는 이야
기, 성주시민들을 고립시키는 이야기들 크게 믿지 않으셔도 된다.
왜냐하면 바로 여기 온 제가 그 증거라고 받아들이셔도 좋다. 절대
로 고립되어 있지 않다. 응원을 보내고 있다. 응원을 보내고 있다
는 말씀을 여러분께 꼭 드리고 싶었습니다.

그래서 제일 하고 싶은 이야기가, 여러분 듣고 싶은 이야기가 뭐냐 그랬더니, 이재동 선배님, 우리 고등학교 선배님인데. 여 왜 왔는지 아십니까. 하이고~ 고등학교 선배들, 대학교 선배들, 대학교 후배들, 심지어 우리 사돈도 여기 삽니다. 우리 사돈이 여기 살아가지고, 사돈이 우리집에까지 전화가 와서 한 번만 내려와라, 한 번만 내려와라, 그래서 끝까지~ 끝까지~ 내가 못 내려오는 척하다가! 오늘 아무 소리도 안 하고 지금 왔습니다.

그래서 제일 듣고 싶은 이야기가, 여러분한테 가장 억울한 것이, 여기 지금 애들 엄마들, 아빠들, 여기 전부 다 가가지고 두들겨 맞고 하는 거 보셨죠. 그런 애들하고 그런 애들 엄마들, 그런 애들 아빠들 지키라고 원래 공무원들이 있습니다. 우리 헌법 제7조에 이렇게 되어 있습니다. '공무원은 국민에 대해서 봉사한다. 그리고 공무원은 국민에 대해서 끝까지 책임을 진다.' 우리 헌법 제7조에 나와 있습니다. 그러니까 여러분은 끝까지 자기의 권리를 주장할 수 있고.

그다음 지역이기주의다, 님비다, 님비 뜻이 뭡니까. 'Not In My Back Yard'입니다. 내 뒷마당에는 안 된다, 이 말입니다. 그런데 이게 어디서 왔느냐. 미국에서 쓰레기를 버리려고, 온 배를 타고 돌아다녀봐도 전부 다 이 쓰레기는 못 받겠다. 그래서 쓰레기는 지들이 버려놓고, 받겠다는 사람은 없다. 그래서 그걸 지역이기주의라고 합니다. 자기들이 버렸는데 전부 다 받지는 못하겠다. 그런 거는 지역이기주의라고 할 수 있습니다. 여러분이 버린 걸 여러분이 받지 않겠다고 그러면.

그런데 사드는 여러분이 버린 게 아닙니다. 그걸 경상도 말로 하면 저들이 부라났는 거지. 그래서 물어볼 자유가 있습니다. "이거 우리집 앞에 와 부라났노?" 그래갖고 대화할 시간을 가져야 할 거 아닙니까. 필요하다, 누구한테. 옆집 사람들한테도. 대한민국 전체를 위해서 필요하다 그러면, "아이고, 와 필요하노?" 이렇게 물어볼 수 있잖습니까. 그런데 아무리 물어봐도 진짜 필요한 이유는 대답 안 해주고, 무조건 필요하답니다. 무조건 필요하다는데 뭐. 제가 하고 싶은 이야기는 이게 다입니다.

이렇게 이야기해놓고 나는 겁 안 나는 줄 압니까. 내 억수로 겁납니다. 내 어디서 하이고, 뭐 꼬투리라도 잡을까봐, 억수로 겁납니다. 그래도 죽을 때 이런 이야기 안 하면 쪽팔릴 거 같아서 그렇습니다. 아니, 어떻게 주인이 4만 5,000명이 5만 명이 이렇게 이야기하는데 어떻게 주인이 선임한 공무원이 듣지 않을 수가 있냐, 이 말입니다. 희한한 일 아닙니까. 그러니까 좀 들어라, 하는 거 아닙니까. 그것도 여러분이 뽑았으니 최소한도로 양심은 있어야 될 거 아닙니까. 여러분이 뽑았으면.

그러니 집에 달력 붙어 있는 거 떼지 마세요. 경로당에 붙어 있는 대통령 달력 떼지 말고. 내일부터 싹 다 다시 붙이고, 여기 적어 놨잖아요. '국가는 우리를 버려도 우리는 국가를 버리지 않는다' 저기 밑에다가 하나 더 써넣으세요. '대통령은 우리를 버려도 우리는 대통령을 버리지 않는다' 그렇게 하세요. 괜찮습니다. 그렇게 미워하는 마음으로는 오래 잘 못 갑니다. 그래서 저놈들 저 죽일 놈들, 우예 우리를 이리 무시할 수 있노. 이 분노의 힘을 바탕으로 그다음에는 여기 있는 아이들 세 살 된 아이들, 네 살 된 아이들 중학생들 고등학생들 눈빛 보면서. 아까 우리 할머니 오셔가지고 꿀 두 개 주시면서, 지나가면서 하이고, 날 더운데 우예 나오셨습니까 그랬더니, "아이고. 우리 손자 생각하면 집에 있을 수가 없다." 여러분 손녀들, 여러분 손자들, 여러분 아이들 눈빛 쳐다보면서, 그 아이들 사랑하는 마음으로 끝까지 가면, 즉 다시 말해서 성주의 아이들이 전쟁의 피해나 분단의 피해를 보면 안 되듯이, 대한민국에 있는 어떤 아이들도 전쟁의 피해와 분단의 피해를 보는 나라를 살게 하면 안 되겠다, 하는 걸로 나아가면 그것이 여러분이 한반도 평화를 정착시키는 일이 되는 것입니다.

그래서 앞으로도 어떻게 해서든 여러분이 누구를 찍으시든, 어떤 분을 지지하시든, 한반도에 다시는 전쟁이 일어나면 안 되겠다, 한반도에 평화체제를 정착시켜나가겠다고 하는 사람이 여러분의 대표가 되도록 앞으로 어떻게 해야 되느냐, 적어도 여기 세 살, 네 살 된 남자아이들은 군대 안 가도 되는 나라를 만들어서 물려줘야 하지 않겠습니까.

여기 중고등학생들, 여기 네 살, 다섯 살 된 아이들은 자라서 맨날 휴전선 근처에 가는 것이 아니고, 통일 대한민국을 물려주어서 중국과 국경을 맞대고, 러시아를 바라보고 적어도 KTX 성주에서 타든, 대구에서 타든, 부산에서 타든 거기서 기차 타고 평양을 거쳐서, 러시아를 거쳐서 유럽으로 수학여행 갈 수 있는 나라를 애들 한테 만들어줘야 할 것 아닙니까.

그래서 미사일 만들고, 탱크 만들 돈으로 애들이 학교 편하게 다닐 수 있고, 밥 편하게 먹을 수 있고, 그런 나라를 만들어줘야, 그런 운동이, 평화운동이 성주에서부터 시작돼서 전국으로 뻗어나가면 우리나라가 분단을 극복하고, 분열되고 있는 세계질서 속에서 다시금 통합하는 나라, 통일신라 이후로 가장 강력하고 넓은 영토를 가진 최초의 민주주의 통일국가. 우리 아이들이 세계시민으로 마음껏 뛰어놀 수 있는 나라를 물려주는 것을 성주에서부터 시작하자 이 말입니다. 충분히 가능합니다. 그것이 사드 배치를 막아내는 가장 좋은 방법이고, 길게 사랑으로 가는 방법이다, 저는 그렇게 생각하고 있습니다.

그다음, 한반도에 평화체제가 정착되고 통일이 되면 여러분 인생도 완전히 달라집니다. 맨날 집 앞에 맥주집에 가서 먹는 게 아니고. "에이씨, 대동강 가서 맥주나 한잔 먹고 오자" 이렇게 할 수 있는 나라, 한번 만들어보고, 저도 백두산에서 토크콘서트 한번 하고, 한라산에서 토크콘서트 한번 하는 나라를 만들어주자 하는 이야깁니다.

북한이 좋아서 통일하자는 것이 아니고, 대한민국의 강력한 힘이 이미 북한을 압도하고도 남으니 저들을 구슬리기도 하고, 뒤에서 따귀 때리기라도 해서 그들이 우리 아이들을 해치지 못하도록 한반도의 완벽한 평화체제를 구축해놓자. 대한민국의 굳건한 안보와 경제를 바탕으로 거기에 따른 자부심을 가지고 헌법 제3조에 명시되어 있는 한반도와 그 부속도서를 영토로 하는 통일 대한민국을 여러분이 지금 함께 열어나갈 수 있다, 하는 것입니다. 충분히 가능하다.

끝났습니다. 목 다 쉬었다. 전 세계적으로 살펴봐도 이렇게 웃기고 의미있는 얘기를 대본 한 장 없이 할 수 있는 사람을 찾아보기가 힘듭니다.

아이고, 물 좀 도. (김제동, 물을 벌컥)

마, 여러분도 지금 김제동이라 하지, 솔직히 말해가지고 여러분 1년 전까지만 해도 "김제동 저거 약간 빨갱이 같다" 했잖아요. 솔직하게 이야기합시다. 그래갖고 제가 여러분 심정을 잘 압니다.

그다음 이렇게 생각해봐야 합니다. 여러분, 제가 서울 가서도 성공할 수 있는 사회자가 된 것은, 사실은 대구경북 지역에서 활동한 레크레이션 강사였기 때문에, 학교 다닐 때 내가 사회 보는 거 본 사람 손 들어보세요. (손 번쩍) 봐라, 이마이 많다. 손 내리고. 야구장에서 날 본 사람 손들어보세요. 봐라, 이마이 많다. 우방랜드에서 내 본 사람 손들어보세요. 이보세요. 이런 저를 두고 외부세력이라 하면 곤란합니다. 친인척 관계가 다 확보돼 있고.

이렇게 된 데는, 제가 이 이야기만 하고 물러가겠습니다. 왜 제가 서울 가서도 사회자로 성공한 줄 아십니까. 대구경북 지역에서 사회자 생활을 해서 그렇습니다. 왜 그러냐, 여기 진짜 독하게 안 웃는 인간들만 모여 있습니다. 특히 대구경북 남자들은 전 세계적으로 가장 웃기기 힘든 종족입니다. 여러분, 살아봐서 알지만 이것들은 단 한 번도 크게 소리 내서 웃는 걸 본 적이 없습니다. 이것들은 웃을 때 어깨만 웃습니다. 다른 어느 지역에 가도 독한 여러분에게 훈련을 했기 때문에 제가 웃기고 살아갈 수 있었습니다. 그래서 여러분에게 빚진 게 있어서, 여러분이 저를 대구경북에서 경상도에서 훈련을 많이 시켰기 때문에, 그래서 제가 하이고, 나라고 여기 내려와서 이러고 싶었겠어요.

내일 아침에 보세요. 아니, 오늘 당장에라도 인터넷 들어가 한번 보세요. 밑에 보면 "김제동, 종북 빨갱이" "이놈의 ××야, 할 일 없으면 집에 가서 밥이나 먹어라" 억수로 많습니다. 제가 신경 안 쓰는 건 뭐냐, 꿀 준 할머니, 꿀 준 어머니, 여기 밑에서 내 얼굴 찍고 있는 초등학생 애들. 이런 애들은 실제로 보이지만, 여러분은 지금 사랑으로 여러분 손자를 향한, 여러분 아들을 향한, 딸을 향한, 손녀를 향한 사랑으로 가고 있는 사람들이고, 여러분 인생을 걸고 무엇인가를 하고 있는 사람들은 인생을 걸지 않고 욕만 하는 것들에 대해서 신경쓸 필요가 없다는 것입니다.

그리고 여러분이 지키고자 하는 평화는 그들을 위한 평화이기도 하기 때문에. 예수님께서 창으로 자기는 찔려 죽여도 "주여, 저들을 용서하소서" 했듯이, 부처님께서 어떤 사람이 욕을 해도 계속 웃다가 욕한 사람이 오히려 부처님한테 "너는 이런 욕을 들어도 기분이 안 나쁘냐?" 부처님한테 물으니까 "좋은 선물을 많이 줬는데 내가 받을 생각이 없다~ 선물을 줬는데 내가 안 받았으면 그건 누가 들고 있나?" 그러고는 "네 거다~ 많이 들고 있어라." 그래서 욕을 먹는다 그럽니다. 욕을 먹는 주체는 거의 나죠. 욕을 안 먹을 수 있는 것도 우리죠. 욕을 보거든, 남이 똥 싸놓은 거 있으면 먹을 필요가 없죠. 남이 똥 싸놓은 거 있으면 그냥 지나가면 되고,

그러나 사랑은 어떻게 하느냐. 내 손자 손녀가 밟을까봐 치워주는 겁니다. 그들을 위해서가 아니고, 우리 아이들을 위해서. 우리 헌법 정신에 나와 있는 우리와 우리의 자손들의 영원한 행복과 안전을 위해서 그렇습니다. 여러분이 지금 그런 일을 하고 계신다, 하는 이야기를 꼭 드리고 싶었던 겁니다.

날 더운데 이야기 끝까지 잘 들어주셔서 고맙고, 상처받는 일들 많고 억울하고 분한 일들 엄~청나게 많으시겠지만 웃으면서 행복하게 우리는 우리만을 위해서 이 일을 하는 것이 아니고, 한반도와 그 부속 도서를 영토로 하고 살아갈 우리와 우리 자손들의 안전, 나아가서는 북한의 어린이들을 위한 일까지도 하고 있다는 거. 북한의 지도부는 미우나 북한의 아이들은 뭔 죄가 있겠습니까. 태어나 보니까 김정은같이 머리 이상하게 깎은 사람이 수령인데. 그 아이들을 위한 시대도 여러분이 지금 열어나가고 있다는 자부심을 함께 느껴주셨으면 좋겠습니다. 사드 배치에 관한 문제는 한반도를 떠나 동북아의 평화를 향한 첫발을 여러분도 모르게 내디뎠다, 엄청난 일을 하고 계신다. ⟨짝짝짝⟩ ⟨둥둥둥둥⟩

요즘은 큰절 하면 정치인 같아서 잘 안 하는데, 레크레이션 강사 시절부터 하던 거니까. 여러분 나이 다 합치면 훨씬 많으시니까 그런 의미를 담아서. 여러분 늘 행복하게, 그리고 늘 웃으시면서 지치지 말고, 일상을 보존하면서, 아이들 보시면서, 가끔씩 때려죽이고 싶은 남편이라도 "아이구 인생아" 하며 보시면서, 날 덥더라도 부채질 잘 하시면서, 물 잘 드셔가면서, 여러분의 행복을 위해서 또다른 사람들의 행복을 위해서 나아가는, 그리고 거창하게 얘기하면 동북아의 평화와 세계 평화를 위해 첫걸음을 내디딘 여러분에게 아끼지 말고 지치지 말고 끊임없는 격려와 위로와 성원을 여러분 스스로 보내주시면, 외부세력이라고 일컬어지지만 외부세력이 아닌 대한민국 국민의 한 사람으로서, 늘 지지하고 응원하겠습니다. 여러분, 고맙습니다. (김제동 큰절)

모든 이와 함께
행복한 세상을 꿈꾸는
길 위의 사람에게

1

햇볕 한 줌 없는
그늘 속에서도
기품 있고 아름답게
눈을 뜨고 사는 너

어느 디자이너도
흉내 낼 수 없는
너만의 빛깔과 무늬로
옷을 차려입고서
누가 보아주지 않아도
멋진 꿈을 펼치는구나

넌 이해할 수 있니?
기쁨 뒤에 가려진 슬픔
밝음 뒤에 가려진 그늘
웃음 뒤에 가려진 눈물의 의미를?

한 세상을 살면서
드러나는 것만이 전부가 아님을

너는 누구보다 잘

이해할 수 있겠니?

_이해인의 시「버섯에게」

무대에서는 웃기지만 실제로는 조용하고, 마이크를 잡으면 말이 많지만, 평소에는 가만히 있길 좋아해서 어린 시절 '버섯'이라는 별명을 얻었다고 했지요?

버섯은 응달에 가만히 있길 좋아해서 잘 보이진 않지만 지치지 않고 끝까지 피어 있고, 버섯만의 존재 이유가 있다고 말하는 제동씨의 버섯 이야기가 재미있어서 언젠가 제가 우리 수녀원 잔디밭의 버섯을 보고 쓴 '버섯에게'라는 시를 그대에게 선물로 주고 싶어 한참 동안 찾았답니다.

『그럴 때 있으시죠?』라는 제목으로 3개의 식탁에 차려진 75개의 레시피를 맛보고 난 느낌을 독자들과 두고두고 나눌게요.

제동씨가 존경하는 신영복 선생님이 생전에 편지와 함께 써서 보내주신 '평상심'이란 글귀가 걸려 있는 글방에서 율무차 한잔을 나누는 그런 마음으로 말이에요.

아직 만난 일은 없으나 몇 차례의 통화를 통해서 우린 이미 친숙한 사이가 된 것 같아요.

무슨 말을 하든 다 들어줄 것 같은 편안함, 한적한 시골마을의 이장님처럼 모든 사람을 두루 챙겨줄 것만 같은 정겨움으로 다가오기에, 김제동이라는 사람을 대중들이 좋아하는 게 아닌가 싶어요.

법륜 스님께서 아직 미혼인 김제동 청년에게 스님이 되면 어떻겠냐고 하셨다니, 나는 혹시 가톨릭의 평수사가 되면 어떻겠냐고 제안하고 싶지만 실제로는 실현가능성이 없는 일일 테니 취소하는 게 낫겠지요? 엄숙한 수도원의 유쾌한 오락부장을 하면 잘할 수 있을 텐데 말입니다.

"고통받는 자들에게 충고를 하지 않도록 주의하자. 그들에게 멋진 설교를 하지 않도록 주의하자. 다만 애정 어리고 걱정 어린 몸짓으로 조용히 기도함으로써, 그 고통에 함께함으로써 우리가 곁에 있다는 걸 느끼게 해주는 조심성, 그런 신중함을 갖도록 하자. 자비란 바로 그런 것이다. 그리고 그것은 인간의 경험들 가운데 가장 아름답고 가장 정신을 풍요롭게 해주는 것이다."

아베 피에르 신부의 『단순한 기쁨』이란 책에서 이 구절을 읽으며 창밖을 바라보는데 어디서 새 한마리가 나뭇가지에 앉아 저를 빤히 바라보는 주일 아침입니다.

2

"혼자만 행복해서는 안 된다는 사실을 알게 되었다면 이제 함께 행복할 수 있는 방법을 찾아야 합니다." "내가 누군가의 불빛이 되어줄 때 또다른 누군가가 나의 불빛이 되어주는 것, 그것이 우리를 안전하게 하고 행복하게 합니다"라는 제동씨의 말처럼 이 책은 세상의 모든 이가 낯선 사람이 아니라 한 가족으로서 슬픔도 기쁨도 함께 공유하며 살아가는 기쁨을 갈망합니다.

이 책은 서로를 위로하고 격려하며 동행하는 행복을 꿈꾸는 진솔한 고백서입니다. 책의 곳곳에 소개되는 에피소드가 재미있어 웃게 되지만, 웃으면서도 가슴 한편이 아리고 찡해오는 경험을 하게 됩니다.

담벼락 철조망에 앉은 잠자리 한 마리를 보고 '아, 가벼워서 저렇게 뾰족한 철조망 위에도 앉아 있을 수 있구나! 내 고민이 너무 크고 무거워서 스스로 여기 저기 찔리고 다니는 것은 아닐까? 조금 가볍게 살아보자'라는 그 표현에 나의 눈길이 가만히 머물렀습니다.

'그냥 거기 있었을 뿐이지만 그 모습만으로 위로가 되었던 잠자리처럼. 험한 세상 위에 가볍게 앉아 누군가에게 위로가 되어줄 수 있는 존재, 우리도 한번 그렇게 살아봅시다!'라는 초대의 글귀를 읽다가 울컥했습니다.

옳고 그름을 따지기 이전에 누군가가 주저앉아 울고 있으면 일단은 묻지 않고 함께 어깨를 걸고 우는 거, 누군가가 기뻐 웃고 있으면 그 옆에서 이유여하를 막론하고 '당신이 기쁘면 나도 기쁘다 하는 거' 그게 바로 평화가 아니겠냐는 이야기에 깊이 동의합니다.

'겁나고 밉지만 밥은 주는 게 사랑 아닐까?'라는 말에 '맞아요, 옳아요'라고 맞장구치고 싶네요.

3

며칠 전 통화에서 제가 종종 이런저런 헛소문에 시달리는 일이 수도자로서 크게 화를 낼 수도 없고 때론 참 힘들다고 하니, 그런 건 화내도 된다고 "제게라도 푸념하고 짜증내세요" 하고 말해줄 때 참 고마웠어요. 그것이 바로 상대에 대한 배려이고 들음의 자세라고 배우게 되더군요.

『김제동이 만나러 갑니다』라는 책도 읽었고, 다는 못 봤지만 몇몇 TV 프로그램에서 진행하는 모습을 인상 깊게 본 일이 있습니다. '김제동이 어깨동무합니다'라는 주제로 여러 대학에서 강연도 많이 했다지요? 경상도 사투리가 섞인 억양이 오히려 친숙하게 들리는 분, 남자로서 크지 않은 키지만 '작은 거인'으로 여겨지는 분, 국민들이 '김제동은 언제 누구와 결혼하지?' 하고 관심을 가지다니 그만하면 억수로 성공한 인생인 것 같습니다.(맞지예?) 그러니 공인으로서 많은 사랑받는 그만큼 이렇게 저렇게 경험하게 되는 일종의 악플(?)이나 부정적인 일들도 다 받아들이고 수련의 기회로 삼을 수 있는 넓고 큰 마음이 필요하다고 봅니다.

지금껏 그리 해온 것처럼 앞으로도 더 열심히 기쁘게 겸손하게 살아주세요.

누구하고나 정답게 어깨동무 할 수 있는 젊은이들의 형 친구 오빠 그리고 어르신들의 손자, 조카, 사랑의 심부름꾼이 되어주세요. 무엇보다 아프고 슬프고 힘없는 이들을 위해 희생도 할 줄 아는 진정한 '평화의 사도'가 되어주길 부탁드리면서 이 글을 맺습니다.

엄마와 다섯 명의 누님부대 외에 사랑이 많아 더 무서운(?) 수녀님 부대도 어딘가에 있다는 사실을 즐겁게 기억하길 바랍니다. 아무리 바빠도 기도 시간을 챙기고, 아무리 속상해도 술은 조금만 마실 거죠?

세상 모든 이와 동행하는 행복을 꿈꾸는 길 위의 사람 김제동의 몸과 마음의 건강을 빌며 오늘도 응원합니다.

'어둡다고 불평하는 것보다 촛불 한 개라도 켜는 것이 낫다'라는 격언을 우리 함께 기억하기로 해요. '내가 아니면 누가?' '지금 아니면 언제?' 하는 솔선수범의 태도로 선한 노력을 계속합시다!

2016년 가을

부산 광안리 성베네딕도 수녀원에서

이해인 수녀

그럴 때
있으시죠?

ⓒ 김제동

1판 1쇄 발행 2016년 10월 25일
1판 29쇄 발행 2021년 3월 15일

지은이 김제동
펴낸이 이선희

기획 오태양 최시은 이선희
편집 이선희 구미화 원예지
모니터링 박소연 지문희 오경철 이미나
디자인 표지 송윤형 본문 최정윤
마케팅 정민호 김도윤 최원석
홍보 김희숙 김상만 이가을 함유지 김현지 이소정 이미희 박지원
지원 (사)김제동과 어깨동무
제작 강신은 김동욱 임현식
제작처 영신사

펴낸곳 (주)나무의마음
출판등록 2016년 8월 25일 제406-2016-000107호

주소 10881 경기도 파주시 회동길 210
문의전화 031-955-2643(편집) 031-955-2696(마케팅) 031-955-8855(팩스)
전자우편 sunny@munhak.com

ISBN 979-11-959068-0-2 03810

○ 나무의마음은 (주)문학동네의 계열사입니다.
○ 「이 도서의 국립중앙도서관 출판예정도서목록(CIP)은 서지정보유통지원시스템 홈페이지
  (http://seoji.nl.go.kr)와 국가자료종합목록 구축시스템(http://kolis-net.nl.go.kr)에서 이용하실 수 있습니다.」
○ 잘못된 책은 구입하신 서점에서 교환해드립니다. 기타 교환 문의: 031-955-2661, 3580

www.munhak.com